とっておきの幽霊

怪異名所巡り7

赤川次郎

集英社文庫

イラスト／南Q太
デザイン／小林満

目次

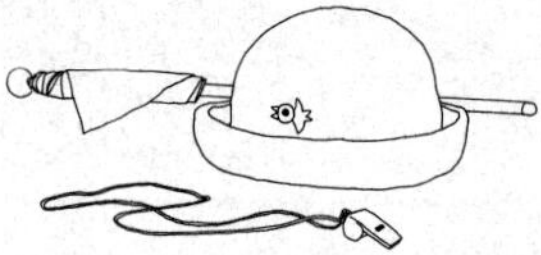

とっておきの幽霊

怪異名所巡り7

活字は生きている

1　上と下と

「またやりやがった！」

加東《かとう》は舌打ちした。

「どうしたんですか？」

隣の席で、スチール写真のチェックをしていた佐々木亜矢子《ささきあやこ》が聞きつけて訊《き》いた。

「天知《あまち》だよ」

そう言えば充分だ、という口調である。

加東がめくっているのは、束ねたシナリオである。

「天知さんの原稿ですか？　第六回の？」

「まだ第五回だ」

「わあ」

と、佐々木亜矢子はメガネを直して、「間に合うんですか？」

訊くも愚か、というべきだろう。

TVの連続ドラマだ。「間に合わない」などということはあり得ない。

加東も答えずに、

「忙しいのに、厄介事《やっかいごと》ばっかり起しやがって」

と、その束を机の上に叩《たた》きつけた。

「書き直し?」

「ああ。――今夜中にやらせないと、大変だ。天知がどこにいるか分るか?」

「どうして私が知ってるんですか?」

「元の亭主だろ」

「今の亭主だって、どこで何してるか知りませんよ」

加東は目を丸くして、

「今、亭主がいるのか?」

「尻尾《しっぽ》のあるのがね」

「犬か。――天知、まだケータイ持ってないのかな」

「さあ……。よく入り浸ってる店に電話してみましょうか」

「頼む! ともかく急いで来いと言ってくれ!」

加東はTVドラマのプロデューサー。寝るのも起きるのも、時間はバラバラなので、およそ健康とは縁遠い生活をしている。

体型もそれにふさわしく、不健康な太り方をしている。

佐々木亜矢子は〈プロデューサー補〉という肩書で、実質的には「細かい仕事一切引受け」である。小柄だが、タフで定評がある。

亜矢子があちこち電話しまくっているのを眺めながら、

「やれやれ……」

と、加東は呟《つぶや》いていた。

今、加東のTV局では、「朝焼けのレクイエム」という連続ドラマを放映している。加東が担当プロデューサーで、毎回の視聴率に胃が痛い思いをしていた。

第一回、第二回の視聴率は何とか及第点だった。ともかく主役に今人気のスターを二人揃《そろ》えたので、逆に、「これくらい取れて当り前」と言われる。

それはともかく、加東を悩ませているのは、天知輝夫《てるお》のシナリオだった。天知は亜矢子と結婚していたことがあるが、一年足らずで別れた。

シナリオの上りが遅いのは、まあ誰でも似たようなものだ。問題は、原作のあるドラマで、しかも原作者の倉田伸介《くらたしんすけ》はシナリオにうるさく口を出す作家だということだった。

――どうして天知なんかを選んだんだ？

加東が知らない内に、シナリオは天知ということになっていた。加東が天知と組むのは初めてだったが……。

第一、二回分のシナリオを読んで唖然《あぜん》とした。原作が一体どこに使ってあるのか、何度読んでも分らないくらい、ストーリーは変更されていたのだ。

不安ではあったが、加東はそのまま原作者の倉田伸介にシナリオを送った。

――その結果、次の日に加東は倉田からの怒りの電話に二時間も付合わされるはめになってしまった……。

「――加東さん」

と、亜矢子が言った。「いました」

「代ってくれ！」

と、立って行くと、

「いるけど、電話には出られないそうです」

「どうしてだ？」

「酔いつぶれて寝てるんですって」

と、亜矢子は言った。

「どう？　悪くないプランでしょ？」

と、遠藤真由美《えんどうまゆみ》は目をキラキラさせて身をのり出した。

「ありがたいけど……」

と、町田藍《まちだあい》は口ごもった。

「何かまずいことでもある？」

「そうじゃないけど……。お客さんがバス会社にツアーのプランを出して来るなんて、聞いたことない」

「いいじゃない！　どうせ、普通でないツアーばっかりやってる〈すずめバス〉だもん」

「人から言われたくないんですけど」

と、藍は苦笑して言った。

町田藍、二十八歳。観光バスのガイドである。

大手の〈はと〉とは違って、〈すずめバス〉は、いつ潰《つぶ》れてもおかしくない弱小企業。

しかし、人並外れた霊感を持つ藍のおかげで、〈すずめバス〉にはよそが真似《まね》できない〈幽霊ツアー〉があり、「固定客」がついて、会社を支えているのである。

このセーラー服の女子高校生、遠藤真由美も、「幽霊大好き少女」で、ツアーの常連客である。

「やあ、いらっしゃい」

社長の筒見《つつみ》が戻って来た。

ここは〈すずめバス〉の本社兼唯一の営業所。社長の筒見も真由美のような「上得意」はよく知っている。

「町田君に、早く幽霊の恋人を作って、ツアーのコーディネートをさせろと言ってやってくれよ」

と、筒見は真由美に無茶なことを言っている。

「今日は幽霊と関係ないツアーの提案に来たんです」

と、真由美は言った。

「ほう。どういうツアー？」

「TVドラマの収録現場を見に行く。どう？　なかなか普通じゃ入れてくれないのよ」

「TVドラマ？　すると――スターもいるのか？」

「ええ。少なくとも、朝香《あさか》マリと坂口公一《さかぐちこういち》はいるはず」

「朝香マリ？　あのビールのCMでスカートがパーッとめくれて――」

「社長！」

と、藍は筒見をにらんだ。「高校生の女の子に何てことを！」

「でも、そのスターに間違いないです」

と、真由美は笑って言った。

「ね、ちょっと！　今、坂口公一って言った？」

と、駆けつけて来たのは、仕事から戻ったバスガイドの山名良子《やまなりようこ》。「あの、坂口？」

「ええ。そうです」

「私、大ファンなの！　あの鼻がいいのよね！」

「好み、変ってますね」

と、真由美は言った。

——要するに、真由美の父親はある有名企業の重役である。今回、「朝焼けのレクイエム」のメインスポンサーがその会社。

ＴＶ局としては、「スポンサーの取締役様のご令嬢」というわけで、

「どうぞ、いつでも見学においで下さい！」

と言わざるを得ないのである。

「でも、大丈夫なの？　こんなバス会社のツアーでゾロゾロ行って」

「平気よ。ちゃんと『お友だちも一緒でいいですか？』って訊いて、ＯＫ取ってある」

「『友だちと一緒』って言葉の解釈ね」

と、藍は笑って、「分ったわ。——社長、ツアー、やっていいですね」

「もちろんだ！　俺も、万一何かトラブルが起ったときのために行く」

「朝香マリに会いたいんでしょ」

と、山名良子がからかった。「間違ってもスタジオでスカートめくりなんかやらないで下さいね！」

「俺を痴漢扱いするのか！」

「それより、このツアー、私が添乗する！」

と、山名良子が手を上げた。

「ずるい！」

と、やって来たのはもう一人のガイド、常田《つねだ》エミ。「TVスタジオなんて、最先端ですよ！　やっぱり私でないと」

――かくて、一つのツアーに、バスガイド三人、社長一人が一緒に行くということになってしまった。

「でも、分んないよ」

と、真由美が言った。

「何が？」

「藍さんが行くんだから、スタジオに潜むお化けが出て来るかも」

「やめてよ」

と、藍は苦笑した。「本当にそんなことになったら、困るでしょ」

「ともかく……」

と、佐々木亜矢子はため息と共に言った。

「言われた通りにしなさいよ。どうせ直さなきゃいけないんだから」

「直してるさ、いつも」

と、天知は言った。「プロデューサーの命令は絶対だからな」

「ろくに言うこと聞かないくせに」

「聞いてるさ」

と、天知は言い返した。「ただ、初めから聞くのは面白くないっていうだけだ」

「どうせ直すんだったら、むだじゃないの」

「むだじゃない！　そういうところに、シナリオライターのプライドがある」

——亜矢子は、加東の命令で天知をビジネスホテルの一室に連れて行き、シナリオの直しを目の前でやらせているのだった。

「おい」

「何よ」

「コーヒー、買って来てくれ。向いにスタバがあったろ」

「逃げ出すんじゃないの？」

「馬鹿言え。俺がいつそんなことをした」

「怪しいもんだわ」

と、肩をすくめ、「いいわ。じゃ、買って来てあげる」

「サンドイッチもな」

亜矢子はバッグを手に、部屋を出た。

エレベーターの音がすると、天知は手を止めて立ち上り、ドアを開けて廊下を覗《のぞ》いた。

「よし……」

急いで出ると、エレベーターでワンフロア下の階へ。

ドアの一つをノックすると、すぐに中から開いた。

「待ってたわ！」

女がいきなり天知に抱きついて、唇を押し付けた。

「あんまり時間がないんだ。何しろ亜矢子の奴《やつ》がお目付役でくっついてる」

「元の奥さん？　まさか手出ししてないわよね」

「よせよ、今さらそんな気になれるか」

「じゃ、早く！」

女は天知を小さなベッドへと引張って行くと、服を脱ぎながらベッドへもつれ合うように転《ころが》り込んだ。

——せかせかと愛し合う二人が汗を流しているその部屋のドアの前で、亜矢子はじっと立ち尽くしていた。

ビジネスホテルなのよ、ここ。声だって、派手に廊下に洩《も》れてるのに。

しかし、亜矢子はドアを叩こうとはしなかった。元の妻として、天知がこういう「ストレス発散」の後には、ちゃんと仕事をすると分っていたからである。

夫婦として暮していた間にも、天知は年中ドラマの出演女優と「ストレス発散」をしていたものだ。亜矢子も文句を言おうとはしなかった。

天知がそういう男だと承知で一緒になったのだから。

それでも度重なると、そうは割り切れなくなってくる。そして別れた……。

だが、今度は亜矢子としても少々心配だった。これまでの天知の相手は端役の新人か、せいぜい脇で出ている女優だったのだが、今回は……。

やがて、女の甲高《かんだか》い声が廊下まで響いて、室内は静かになった。

亜矢子はドアに顔を近付けて、

「済んだら、早く仕事にかかってね」

と言った。「朝香さん、用心しないと、出るとき写真撮られますよ」

室内が凍りついているだろう。

亜矢子はいささか胸のつかえが下りて、

「先に戻ってるわ。ちゃんと汗は流して来てね」

と言うと、エレベーターへと向った。

今度の天知の相手は主役の朝香マリだったのだ。

「他にいくらも若い男がいそうなのに……」

と呟きつつ、亜矢子はエレベーターを呼ぶボタンを押した……。

2 逆流

「どうなってんだよ、一体！」

と、苛々《いらいら》した声がスタジオの中に響いた。

それを聞くと、加東は胃が痛くなった。しかし、知らん顔はできない。

急いで駆け寄ったのは、このドラマ「朝焼けのレクイエム」の主役、坂口公一。今、三十歳で、中年女性に圧倒的な人気がある。

「坂口君、すまない！」

「加東さん、あんたプロデューサーだろ？　シナリオの来るのが、収録当日の朝って、どういうこと？」

怒るのももっともだ。加東が何度も直させている内、ついにこんな状態になってしまったのだ。

「申し訳ない！　こんなことは二度と起さないから」

「冗談じゃないよ！　役者を何だと思ってんだ？　いつセリフを憶えろって言うんだ

よ」

「カメラに映らない所に、セリフを書いて出すから。それで何とか……。頼むよ」

手を合せて拝まれると、

「俺はまだ生きてんだぜ」

と、口を尖《とが》らしながら、人気スターは言った。「いいよ。でも、ここんとこ目が悪くなってんだ。ちゃんと読めるように書けよ」

「分った！　やりにくくないようにするから。頼んだよ」

坂口はため息をついて、

「前回は、俺の一番の見せ場がカットされちまうし……。これって誰が主役なんだ？」

「いや、あれは局の方からスポンサーに気をつかって……」

「今日のシーン、まさかカットなんかしないよな」

「当り前だよ！」

何とかなだめて、遅い昼食に行く坂口を送り出すと、加東は、

「畜生！」

と、誰にでもなく、八つ当り気味に怒鳴った。

「――すみません」

気が付くと、佐々木亜矢子がそばに立っていた。

「お前のせいじゃないよ」

と、加東は肩をすくめた。

「でも、そばについていながら……」

「相手は子供じゃない。言うことを聞け、ったって無理だよ」

と、加東は渋い顔で、「朝香マリにも文句言われるだろうな」

「朝香さんは大丈夫ですよ」

「どうして分る？」

「それは……。あの人、間際でもちゃんとセリフ憶えて来るじゃありませんか」

「そう願うよ」

セットと照明の具合がなかなかうまく行かず、ＡＤが加東を呼びに来た。

「――あ、そうだわ」

と、亜矢子は呟いた。

今日の夕方、見学者が入る。

何だか面白い名前の――〈すずめバス〉とかいう所のツアーで……。普通なら、とんでもない話だが、何でもスポンサーの「強い意向」だとか。

まあ、邪魔にならないように、適当にセットを見せて、スターの姿をチラッと覗かせるくらいでお茶を濁しておこう。

亜矢子は、本当にさっき手にしたばかりのシナリオの〈決定稿〉をパラパラとめくった……。

「あら、あの人……」

と、遠藤真由美が言った。

「誰かタレントでもいた？」

　ＴＶ局の廊下を進みながら、藍は訊いた。

「ううん、作家の倉田伸介だよ、たぶん」

と、真由美は言った。「本の著者写真より大分太ってるけど」

「倉田？　――ああ、今日のドラマの原作者ね」

「へえ、そうなの？」

「知らなかったの？」

「うん。ともかく坂口公一と朝香マリさえいればいい」

「どっちのファン？」

「どっちも特別好きじゃない」

　藍には、幽霊より今どきの女子高校生の方がよっぽど分らない。

　急いで募集した割には二十人以上の客が集まり、〈すずめバス〉社長、社員を含めると結構にぎやかだった……。

廊下の一画にソファがあり、そこでパンツスーツの女性が待っていた。

「佐々木亜矢子です」

「お電話さし上げた町田藍です。今日はよろしく」

「今、収録中ですので、少しここでお待ち下さい」

「分りました」

佐々木亜矢子は、ツアー客たちに挨拶《あいさつ》すると、

「ケータイの電源は切って下さい。本番中に鳴り出すと困りますので」

と言った。

「——お忙しいところ、すみません」

と、藍は言った。

「いいえ」

「原作者もみえているようで、ラッキーですわ」

と、藍が言うと……。

「——原作者も、とおっしゃいました？」

「ええ。倉田伸介さんが……」

亜矢子は愕然《がくぜん》として、

「本当に……。この局にですか？」

「さっき、お見かけしたと……」

「確かですか」

「たぶん……。ね、真由美ちゃん？」

「うん、見ましたよ。受付の辺りにいて」

亜矢子は急いで駆け出して行った。

藍は首をかしげて、

「知らなかったのかしら？」

「でも、何であんなにあわててるの？」

「私に訊かれても……」

スタジオの扉が開いた。

その瞬間、藍は凍りつくような冷気がスタジオの中から吹き出して来て、体を包み込むのを感じた。

真由美は、藍の表情を見て、

「藍さん、どうかしたの？」

と訊いた。

「――何でもない」

と、首を振る。

この冷気は、物理的な冷房のものではない。大体、今は晩秋。冷房を入れる時期ではない。

これは、霊的なものから来る冷気なのだ。しかし、こんなTV局のスタジオで？

「――お疲れさま」

という声がして、スタジオから出て来たのは坂口公一だった。

真由美も、ツアー客たちも、そしてガイドの山名良子も仕事を忘れて、

「ワッ！」

と、色めき立った。

さすがスターというか、いささかふてくされた様子で廊下へ出て来た坂口だったが、目の前に見学に来たファンがいると気付くと、営業用の笑顔になって軽く会釈《えしやく》して、歩いて行った。

「――すてき！」

「脚、長い！」

などとため息が洩れる。

「――失礼しました」

戻って来た亜矢子は、「今、ちょうど休憩に入りました。セットをご覧いただけま

す」

と、みんなを中へ案内してくれた。

ドラマにずっと出て来る、主人公の家の居間のセットができている。

スタッフがカメラの位置を変えたり、ライトの当り具合を確かめていた。

「よくおいで下さいました」

と、中年の男性が愛想よく、「私、このドラマのプロデューサー、加東と申します」

藍はもちろんガイドの制服姿である。

ツアー客が加東を取り囲んで話を聞いているのを、少し離れて見ていたが……。

「寂しいわね」

という言葉がすぐそばで聞こえて、振り返ると、白髪の老婦人が立っていた。

地味な和服がよく似合っている。

「出演者の方《かた》でいらっしゃいますか？」

と、藍は訊いた。

「ええ、まあ……」

と、かすかに微笑《ほほえ》んで、「でも、今どきのドラマには、年寄の役は少ないんですよ」

「そう……。若い人たちの話ばかりですね」

と、藍は肯《うなず》いて、「でも、今若い人たちも、すぐに年寄になって行くのに」

「本当に。その通りですよ。若い人は、年寄を邪魔ものにしか思わないのね」

「主役の方たちのことですか？」

「誰、とは言いませんけど、全体にね。——人生の先輩に敬意を払う、ということを教える人もいなくて」

「そうですね。でも、みんながみんなそういうわけでも……」

「あなたはどういう役？　その制服は？」

「役者じゃありません。私、ご覧の通り、バスガイドですの」

と、藍は笑って言った。

「まあ、そうなの。道理でよくお似合だわ」

と、老婦人も笑った。

スタジオ内がざわついた。

朝香マリが入って来たのだ。

そして、マリの少し後から、少しくたびれた感じの中年男。

「——どうぞ、セットに上られて結構ですよ！」

と、加東が言うと、ツアー客は大喜びで居間のセットへ上り込んで、記念撮影。

その間に、加東は、今入って来た中年男の腕をつかんで隅の方へ引張って行くと、

「おい、天知、どういうつもりだ！」

と、にらみつけた。

「何だよ。言われた通り直したろ」

と、男は不服そう。「あんただって、ＯＫしたじゃないか」

「ああ。こっちが言った所だけ見て、直ってたからＯＫした。まさか他の所を書き直してるなんて思わないからな」

「気が付かなかったのは、そっちのミスだろ。俺はただ『直したよ』と言っただけだ」

「全く……。これで外されても知らないぞ」

「いいじゃないか。気に入らなきゃ、後でカットすりゃいい。いつもやってる通りにな」

「そうはいかないんだ！　これからあのシーンだぞ」

「それがどうした？」

「今、倉田伸介が来てるんだ」

天知がちょっと驚いた様子で、

「呼んだのか？」

「まさか！　こっちも知らなかった。まだスタジオには現われてないが」

天知は肩をすくめて、

「いいじゃないか。『ここはどうせカットします』って言えば」

「そんなこと言えるか。坂口だってマリだって、あのシナリオを憶えてるんだぞ」

「じゃ、俺をクビにしろよ」

と、天知は気のない様子で、「続きを書く奴がいれば、の話だけどな」

「お前って奴は――」

と言いかけた加東を、亜矢子が呼びに来た。

「そろそろリハーサルを」

「うん。じゃ、坂口も呼んで来てくれ」

「今、ＡＤが行きました」

「よし」

加東が足早に立ち去ると、残った亜矢子は天知を振り返って、

「朝香さんのために直したの？」

と訊いた。

「シナリオライターの意地さ」

「それだけ？」

「おい。――もうお前は女房じゃないんだ。妬《や》くなよ」

「分ってないのね」

と、亜矢子は首を振って、「あなたがむだに才能をすり減らしてるのを見るのが辛《つら》い

のよ」

「どこがむだだ？　好きなように書いてもどうせ直されるんだ。同じことなら、せめて最初の原稿くらいは残したいだろ」

「勝手言って……。ともかく――」

亜矢子の顔がこわばった。「倉田伸介だわ」

スタジオへ入って来たツイードの上着の男へと、亜矢子は駆けて行った。

「先生！　どうもわざわざ……」

藍は天知がブラブラとスタジオの中を歩いて行くのを見送って、

「何だか複雑な事情のようですね」

と、あの老婦人を振り返った。

老婦人の姿はなかった。

「やっぱり……」

藍には何となく分っていた。あの老婦人は幽霊だったということが。

しかし、なぜここに出て来たのか。

「――あ、藍さん、ここにいたの」

真由美がやって来る。「朝香マリが一緒に写真撮ってもいいって」

「行くわ」

藍は肯いて、ツアー客たちの方へと歩き出した……。

3 修正

スタジオには、何とも言えない緊張感が漲《みなぎ》っていた。

ただ、それは分る人間にしか分らないものだった。

町田藍がおなじみの「霊的」なものだったわけではない。

「じゃ、リハーサル、行こう」

と、ディレクターが言って、居間のセットに主役の二人、坂口公一と朝香マリが立った。

「ともかく、一度このシーン、通してやってみよう」

ディレクターがシナリオを見ながら言った。坂口公一はシナリオを手に、

「見ながらやるよ」

と言った。「マリちゃんは?」

「大体憶えてる」

と、マリは言った。

「偉いな。いつ憶えたんだ?」

プロデューサーの加東は、今にも胃がキリキリと痛み出すような表情だった。

「加東さん」

と、佐々木亜矢子がそばへ寄って、「倉田先生のそばにいないとまずいんじゃ？」

「俺は殴られたくない」

と、加東は言った。「君、先生のそばにいてくれよ」

「私は殴られてもいいんですか？」

「女なら殴らないだろ」

——原作者の倉田伸介が見守る中、リハーサルが始まった。

むろん、町田藍も、ツアー客たちも、じっと息をつめて見ていた。

「——私が見ていたあなたは何だったの？」

と、マリが言った。

坂口はシナリオを広げて、

「今さら、そんなことを言わないでくれ。人間はいつも表と裏の顔を持ってるんだ」

「それが言いわけなの？　ただの裏切りじゃないの！」

二人の言い争いは白熱して行く。

ディレクターは安西《あんざい》という中年の小太りな男で、ツアー客たちにも挨拶していたが、
くたびれ切った感じで、リハーサルが始まっても「やれやれ……」とため息をついてい

たのだ。

ところが、坂口と朝香マリのやりとりがドラマチックで、一方はシナリオを読んでいるとはいえ、本気でやっているのが伝わって来ると、安西も身をのり出した。

数分のシーンを通して、二人がホッと息をつく。

だが——妙に静かだった。

坂口とマリが、ふしぎそうに安西を見る。

「——どうですか?」

と、マリが訊いた。

安西は我に返った様子で、

「すまん! いや、すばらしかった! その調子で行こう!」

「じゃ、憶えるか」

と、坂口がホッとしたように言った。

藍は、あの天知というシナリオライターが青ざめ、固く握った拳《こぶし》を震わせているのに気付いていた。

すると、原作者の倉田が加東の方へ大股にやって来た。

「先生——」

「おい! いいじゃないか、今の場面!」

と、倉田は加東の手をギュッと握りしめたのである。

「はあ……」

「原作のセリフがうまく活《い》かされてる。いや、みごとだ」

「どうも……。お気に召したら幸いです」

「うん！　このシナリオライターも、やればできるじゃないか」

倉田は加東の肩をポンと叩いて、「この調子でずっと頼むぜ」

「はあ……」

倉田は上機嫌で、

「この本番が終ったら、飲みに行こう。役者たちにも言っとけ」

と言うと、笑って、スタジオから出て行った。

セットでは、照明の調整やカメラの位置決めなどが進んでいる。

「――加東さん」

と、亜矢子がやって来た。

「倉田さん、ご機嫌だったぞ」

「ええ。でも、どういうこと？」

「いや、それは……」

と、加東がシナリオをめくろうとしていると、

「おい！」

天知が加東を殴りつけんばかりの勢いでやって来た。亜矢子があわてて止める。

「あなた！」

「邪魔するな！」

と、天知が亜矢子を押しのけて、「汚ないぞ！」

「おい、落ちつけ！　俺に怒っても――」

「他の奴に書かせてたんだな！　クビにするならクビにしろ！　人に書き直しさせといて、他の奴のシナリオを使うとはどういうことだ！」

「俺は知らん！　俺だってびっくりしたんだ」

と、加東は首を振って、「――亜矢子、君がやったのか？」

「いいえ。でも、二人のセリフは、天知の書いたのと全然違ってました」

「下手《へた》な言いわけはよせ」

と、天知は言った。「どうせ、もうこの局じゃ仕事はできないと思い切ってる。本当のことを言ってくれ」

「嘘《うそ》じゃない！　大体、他の奴に書かせる時間があったと思うのか」

「それじゃ、どういうわけだ」

「だから、俺にもさっぱり分らんよ」

と、加東が両手を広げた。

そこへ、朝香マリがやって来ると、弾《はず》んだ口調で、

「ねえ、良かったわね、今のシーン！　さすがに天知さんだわ。いいセリフだった」

天知は、何とも複雑な表情で、

「まあ、君が喜んでくれるのなら……」

と言った。

「朝香さん」

と、亜矢子は言った。「そのシナリオ、いつ受け取ったんですか？」

「今朝よ。知ってるでしょ、そんなこと」

「それ一冊だけですか、受け取ったの？　後から『直し』の分とか、届きませんでしたか？」

「来ないわよ」

と、マリはふしぎそうに、「どういうこと？」

「いえ、いいんです」

そうしている間にも、本番の準備が進んでいた。

亜矢子は、一人フラッとスタジオを出て行ってしまった天知のことが気がかりだったが、プロデューサー補としては、雑用が山ほどある。忙しくあちこち駆け回っていた。

そして、ハッと気付いた。あの〈すずめバス〉のツアー客のことを忘れてた！

ちょうど、町田藍がすぐそばに立っていた。

「すみません！　放っておいて。色々あってバタバタしていて……」

「いいんです」

と、藍は微笑んで、「うちのお客様は、各自ご自分たちで楽しむのが上手なので」

「本番が終ったら、サインもしてくれると思います」

「佐々木さん」

と、藍は言った。「さっき、ちょっと耳に入ったんですけど、シナリオのことで何かあったんですか？」

「それが妙な話なんです」

亜矢子がザッといきさつを説明すると、

「――じゃ、シナリオの中身がいつの間にか変ってたってことですね」

「そうなんです。――天知はきっと騙《だま》されてると思ってるでしょう」

と、亜矢子は言った。「そういう人なんです。シナリオライターという立場にこだわっています」

「元の奥様とか？」

「ええ……。でも、今は朝香マリさんが相手みたいです」

「そうですか」

「分りません。さっきのセリフは、決して天知が書くものじゃありません。でも、だからといって……」

「一つ、可能性があります」

と、藍は言った。

「どういうことですか？」

「シナリオ自身が、勝手にセリフを直した、ってことです」

「シナリオが……」

亜矢子は呆気《あつけ》に取られている。

「佐々木さん、このスタジオで亡くなった女性はいますか？　かなり年輩の」

「ここでですか。さあ……」

と、首をかしげたが、「——あ、それって、もしかして、松永由子《まつながよしこ》さんのことじゃないですか？」

「その方はここで？」

「自殺されたと聞いてます。そのころ、私はまだ現場にいました」

と、亜矢子は言った。「その日はロケで外にいたんです。ＡＤで駆け回っていました」

「その方の写真、ありませんか」

「さあ……。あ、パソコンで当時の記事を探せば、きっと」

「そうですね。いつごろのことですか？」

「ええと……。もう二、三年はたつでしょう。でも、松永由子さんが何か？」

藍が答えない内に、亜矢子はスタッフに呼ばれて、飛んで行ってしまった。

「――藍さん、何かあったのね」

と、興味津々という顔でやって来たのは遠藤真由美。「幽霊が出た？」

藍は苦笑して、

「私より、真由美ちゃんの超能力の方がずっと凄《すご》いわ」

と言った。「じゃ、一つ手伝ってくれる？」

「いいわよ。何？」

「どこかでパソコン見付けて。検索したい名前があるの」

「それなら」

と、真由美はポケットからスマートフォンを出して、「これでできるわ」

「新しいもの好きも役に立つわね」

と、藍は言った。「〈松永由子〉っていう人のこと、調べて」

すぐに分った。――確かに、このスタジオで、松永由子は首を吊《つ》って死んだのだ。

「写真、あった」

と、真由美が見せる。

やっぱり、そうか。——それはさっき藍に話しかけて来た老婦人だった……。

4　心の傷

ピンと張りつめた空気の中、本番がスタートする。

「お静かに願います」

と、ＡＤが見学しているツアー客へ声をかけた。

「じゃ、本番行きます」

と、安西が言った。「五、四……」

藍は、ふと首筋にひんやりとした冷気を感じた。これは——普通の冷気ではない。

坂口公一と朝香マリの演技は熱が入っていた。スタジオ内は息をつめて見守っている。

加東はシナリオを丸めて持つと、二人のやりとりにじっと目をこらしていた。

藍は少し離れてその様子を見ていたが……。

ふと気が付くと、天知がスタジオの中に立っていた。——そして亜矢子もそれに気付いて、目はセットでなく天知の方に向いている。

「いい加減にしろ！」

坂口がマリをソファの方に突き飛ばす。マリはソファから床へ滑り落ちて、それから
キッと坂口をにらむと、口を開いた。

「これが正しいセリフです」

——しばし、当惑した空気が流れた。

藍は気付いていた、今の声に。朝香マリのものではない。

「おい、何だ今のは？」

と、安西が立ち上って、「マリちゃん、どうかしたのか？」

そう言われて、マリがフッと我に返ったように、

「え？ ——今、どうしたの、私？」

と、左右を見回し、「いつ私、倒れたの？」

「大丈夫かい？」

坂口が心配そうに、「ちょっと力を入れ過ぎちゃったかな」

「いえ……。どこも痛くない」

マリは立ち上って、「ただ……ポカッと忘れてるの、今のところ」

「まあ、ともかく、そこまでは良かったんだから」

と、安西が言った。「少し前の……坂口君が窓辺で振り返るところからやり直そう」

こんなこともあるさ、という感じで、誰も大して気にとめていないようだ。

ただ、音声の係が首をかしげて、

「最後で急にマリちゃんの声が変ったんだよ」

と言った。「まるで別人の声だった」

しかし、安西は気にせず、

「じゃ、いいね？　そこからなら、ちゃんとつながるから」

気分が乗っている間に、やってしまおうというのだろう。

しかし、藍は、プロデューサーの加東が青くなって、冷汗をかいているのに気付いていた。

藍は、天知の方へそっと近寄ると、

「何かお心当りが？」

と言った。

天知はびっくりして振り向いたが、

「――ああ、バスガイドさんだね」

「今、マリさんが言った言葉に覚えがあるんですか」

「いや……。ただ、このスタジオの伝説に出て来るんだ」

「伝説？」

「それほど古い話じゃないが……。ともかくＴＶの世界はひと月ふた月でアッという間に人気者になったり、忘れられたりするからね」

「松永由子さんが自殺した話ですね」

天知はびっくりして、

「どうして知ってる？」

「お会いしましたから」

「誰に？」

「松永さんに、です」

「――知り合いだったのか」

「いいえ。今日初めてお会いしたんです」

「何だって？」

そのとき、

「本番です！」

と、声がかかった。

――坂口とマリの芝居は、さっきと同様に進んだ。そして、その場面――。

「いい加減にしろ！」

と、坂口がマリを突き飛ばす。

マリが床に倒れると、坂口を見上げて、

「これが正しいセリフです」

と言った。

「――待て！」

と、加東が進み出た。「ここはカットしよう。いいだろ？」

「そんなわけにいかんよ」

と、安西が首を振って、「次につながらなくなる。――マリちゃん、大丈夫か？」

「すみません……。私、またどうかしたみたい」

マリはゆっくりと立ち上った。

「待ってくれ」

と、音声の係が言った。「今のも、別人の声だ。たぶん、もっと年寄の」

「そんなこと、どうでもいい！」

と、加東が苛々と、「ともかく、今の場面はカットだ！」

「それは困る」

と、スタジオに戻ってきていた倉田が口を挟んだ。「そこは肝心なところなんだ。抜いてもらっちゃ困る」

「先生、後でまたやり直します。ですから今はとりあえず次の場面へ」

そのとき、突然、スタジオの明りがすべて消えて、真暗《まつくら》になった。

「どうしたの?」

「怖いわ!」

と、声が上る。

「落ちついて下さい!」

と、藍は言った。「大丈夫です。これは合図なんです。亡くなった方からの」

そう言うと、明りが点《つ》いた。

「――どういうこと、藍さん?」

と、真由美が訊く。

「三年前、このスタジオで、首を吊って亡くなった女優さんがいます」

と、藍は言った。「松永由子さん、当時七十歳でした」

「そうだ!」

と、音声の係が言った。「松永さんの声だ! 聞いた声だが、誰だろう、って思ってた」

「怪談を撮ってるんじゃないぞ」

と、加東は言った。「馬鹿げてる!」

「加東さん、あんたはそのときプロデューサーだったろう」

と、天知は言った。

「忘れたよ」

「いいえ、憶えているはずです。だからこそそんなに青ざめて、冷汗をかいてらっしゃる」

と、藍は言った。「なぜ松永さんは自殺したんですか？」

「知るもんか！」

と、加東は怒鳴った。「ＴＶは年寄が死んだくらいで、いちいち収録をストップさせられやしないんだ！」

スタジオの中が再び真暗になった。

「やめてくれ！」

と、加東が悲鳴を上げる。「話す！　話すからやめてくれ！」

明りが点いた。

加東はセットの端にぐったりと腰をおろして、ハンカチで汗を拭《ふ》いた。

「あのドラマは……」

と、加東は口を開いた。「ともかく、当時のアイドルの男の子が主役で、すべてその子中心に進んだ。ドラマの筋も、もちろんシナリオも、所属事務所の言いなりに直した。相手役の女の子も、主役のアイドルの彼女だった……」

加東は息をついて、

「松永由子さんは、そのアイドルの祖母の役で……。あの日は、アイドルのスケジュールが詰っていて、スタジオ収録は二時間しかできなかった」

と言って、チラッとマリの方を見た。「いきなり本番に入った。リハーサルをしている時間がなかったんだ」

「それでセリフを——」

「いや、削ったんじゃない。主役のアイドルが、忘れて勝手にしゃべったんだ」

「それでOKにしたんですか」

「仕方なかった。もともとシナリオが何度もの直しで遅れてたからな。——しかし、そこはまずかった。本来のセリフでないとストーリーが変ってしまう。それで松永さんは、アイドルに合せず、正しいセリフを言ったんだ」

「それで？」

「アイドルが怒った。そして、『主役は俺だ！』と怒鳴ったんだ。松永さんは——ちょうどさっきのマリちゃんと同じ格好で、『これが正しいセリフです』と言った……」

「どうなったんです？」

「アイドルは次の仕事に行ってしまった。俺は……松永さんを降ろした」

「ひどいことを……」

「あの事務所を怒らせたら大変だったんだ。それで、松永さんの演じる祖母はドラマの中で突然死んだことにした」

加東はため息をついて、「遺影の写真を撮った翌日、松永さんがこのスタジオで首を吊って死んでいるのが見付かったんだ……」

——スタジオの中は、しばらく無言だった。

「まあ」

と、亜矢子が言った。「見て！　シナリオを」

「どうした？」

天知が覗き込んで、「これは——俺の書いたセリフだ」

「戻ったんだわ、文字が」

藍は肯いて、

「きっと、松永さんも気がすんだんですよ」

と言った。「シナリオの一言一言を大切に、と仕込まれて来た世代の思いがあったんでしょうね」

「——いや、待ってくれ」

と、天知が言った。「ここのセリフは……さっきの方がいい」

「あなた……」

「俺は意地になって、原作のセリフを使うまいとした。だが、松永さんは分ってたんだろう。あそこは直した方がいいと……」

「原作のままにする必要はないよ」

と、倉田が言った。「読むのとしゃべるのは違うからね」

——スタジオから冷気が消えていた。

「もう一度、本番だ」

と、安西が言った。

「——参ったな」

と、天知が言った。

「どうしたの？」

と、亜矢子が訊く。

「あんなシナリオより、よっぽどドラマチックだぜ、今日の出来事の方が」

亜矢子はちょっと笑って、

「それもそうね」

と言った。

「本番行きます！」

元気な声が、スタジオの中に響いた。

永遠の帰宅

1　自宅

「わっ！　おい、戸を開けよう！」

我が家へ入るなり、新井《あらい》は言った。

「そう騒がないで」

と、妻の照子《てるこ》が笑って、「仕方ないでしょ、半月も閉めっ放しだったんだから」

「それにしたって……。蒸し風呂だな！」

新井は上着を脱いで居間のソファへ投げると、居間の正面のガラス戸を一杯に開けた。

「しかし暑いな、日本は」

と、顔をしかめる。

「そうね。向うは夕方になるとひんやりしてたのに」

向《む》うとはヨーロッパのこと。

二人は、二週間のツアーから帰って来たところである。

九月に入ってはいるが、まだ日本は真夏の暑さ。閉め切りにしていた家が暑いのは当然だった。

　方々の窓を開けて回ったが、一向に風が通らない。

「クーラーを入れる?」

　と、照子が言った。

「そうだな」

　と、新井は早くもふき出して来た汗をハンカチで拭いて、「しかし、空気を入れかえないとな。もう少し待とう。スーツケースはどこに置く?」

「その辺に開けておいて。そっとね! お土産《みやげ》が壊れちゃう」

「分ってる」

　新井は重いスーツケースを居間の床に置いて、ポケットから鍵を取り出し、開いた。

「ワッ!」

　スーツケースは、まるでびっくり箱のような勢いで開いて来た。ギュウギュウに詰め込んだ衣類のせいである。

「全く……。よくこれだけ詰め込んだもんだな」

　と、新井は苦笑した。

　まあ——初めてのヨーロッパ旅行。しかも、結婚以来、夫婦での旅行など、これが初めてと言ってもいい。妻の照子があれこれ買いまくるのも無理はなかった。

「そうか」

玄関のドアを開けたら、少しは風が通るかもしれない。

思い立って、玄関へ出て行くと、ドアを一杯に開け放った。確かに、風が抜けて行くのが分る。

「やれやれ……」

居間へ戻ると、新井は欠伸《あくび》をした。――飛行機ではほとんど眠れなかったのだ。

居間の電話が鳴った。――誰だ？

「はい」

「お父さん！　お帰り！」

と、元気な声が飛び出して来た。

娘の秋代《あきよ》だ。今は結婚して都心のマンション住い。

「どう？　元気だった、二人とも？」

「ああ。重たい荷物を抱えて帰って来たよ」

と、新井はソファにかけて、「暑いな、日本は！」

「ケータイにかけたけど、つながらなかったわ」

「今、家に着いたばかりだ。飛行機が少し遅れてな」

「成田に迎えに行けなくてごめんね。午前中どうしても会社にいなきゃいけなくて」

「いいさ、こっちも子供じゃない。——おい、照子！」

と、新井は呼んだ。「秋代からだ！　照子！」

返事はなかった。

「おかしいな。今その辺にいたのに」

「いいのよ。明日にでもそっちに行くわ」

「そうか。母さんがお前と成人《しげと》君にお土産を買ってた。楽しみにしてろ」

「気をつかってくれなくていいのに。——じゃ、明日電話してから行くわ」

「ああ、そうしてくれ」

——電話を切ると、新井は居間のクーラーをつけて、ガラス戸を閉めた。

「照子。——おい、どこだ」

と、玄関の方へ出て呼んだ。「トイレかな……」

玄関のドアを閉め、居間へ戻った新井はソファに横になった。

むろん旅行は楽しかった。それでも——やっぱり我が家はいい！

いつしか新井は眠ってしまっていた……。

新井呈一《ていいち》は六十歳で、この春、定年を迎えた。妻の照子は五十六歳。一人っ子の秋代を去年結婚させた。相手は有能な銀行マンの本間《ほんま》成人。秋代より三つ年上の三十一歳である。

秋代は「三十までは働く」と宣言しているが、新井も照子も元気だ。孫の顔を見るには充分間に合うだろう……。


ひんやりとした風が顔を撫《な》でて、新井は目を覚ました。

ソファに起き上って、びっくりした。もう部屋は薄暗くなっているのだ。

「眠っちまったか……」

「何時だ？」

時計を見て、七時近いので、もう一度びっくりした。

「照子の奴《やつ》……。何してるんだ」

起き出すと、「おい！　照子！　どこだ？」

戸惑った。どこも明りは点《つ》いていない。

トイレや浴室も覗《のぞ》いたが、いない。

初めて、新井は不安になった。

「照子。――おい！」

二階家とはいえ、そう広くはない。

開け放した窓を閉めながら、家中捜したが、照子の姿はなかった。

「どうなってる……」

スーツケースはさっき新井が開けたままになっていた。

二度、捜した。――家の中にはいない。

しかし、どこへ出かけるのか？

「そうか……」

新井が眠っている間に、スーパーへでも出かけたのだろう。冷蔵庫は空《から》っぽにして出かけたのだから。

そのうち、帰って来る……。

新井はソファに座ったが、落ちつかなくてまた立って、台所を覗いたりした。

あいつらしくない……。いつもなら、夫が眠っていても、必ず声をかけて出て行くのに。

だが……。他にどう考えられるだろう？

「仕方ない……」

ともかく待とう。――どこへ行ったにせよ、いつかは帰って来る。

新井呈一は、妻にいささか腹を立てながら、ソファに腰をおろしたのだった。

「でも、それっきり……」

と、本間秋代は言った。「母は戻らなかったの」

思いがけない話の結末に、町田藍は唖然《あぜん》として、

「戻らなかった？　でも、それって九月のことでしょ？」

「九月初め。——もうふた月くらいたつのに、母の行方《ゆくえ》は分らないまま」

「そう……」

町田藍も、他にどう言っていいか分らなかった。

小さなバス会社〈すずめバス〉のバスガイドをしている町田藍は二十八歳。秋代は高校時代の同級生だった。

「ごめんね、妙な話で呼び出して」

と、秋代は言った。

「いいのよ」

今日は乗車する日ではないので、誘われるまま、遅いランチに出て来た藍だったが、まさかこんな話になるとは……。

「捜索願とか？」

「出したわ、むろん。でも手掛りなし」

「変な話ね。——事故に遭ったとか？」

「それも考えて調べたわ。身許《みもと》不明の女性はいなかったか、とか……。でも、何も出て来ない」

「お母様のことは、私も憶えてるわ。高校生のころ、ずいぶんごちそうになったりしたものね」

「そうだっけ。──ともかくああいう母だもの、人に恨まれるなんてこと、考えられないし」

少し間《ま》があって、秋代は、

「ね、藍。こんなこと、頼めるのはあなたしかいないの」

と言った。

「秋代──」

「あなた、昔からふしぎな能力持ってたじゃない。今でも〈幽霊と話のできるバスガイド〉って、有名でしょ」

じっと藍を見つめて、「お願い。母を見付けて!」

「待ってよ。そりゃあ、何かお役に立てれば嬉《うれ》しいけど……。頼りにされても……」

「分ってる。だめなら仕方ない。でも、何か小さな手掛りでもいいから」

「うん、それは……」

「父のためにも、何とかしないと」

「お父様のため?　ご心配でしょうからね」

「実は──それだけじゃないの」

と、秋代は表情を曇らせた。

「どういうこと？」

「父と母が家に帰って来たところを、ご近所さんは誰も見てないの。それで警察は、もしかしたら父が母のことを殺したと……」

「まさか！」

「もちろん、私も父がそんなことしないって分ってる。でも、警察は、父に愛人はいないか、とか訊《き》いて来るのよ」

「そう……」

秋代にとっては腹立たしいだろうが、警察がそういう可能性を疑ってみるのも当然かもしれなかった。

「――お父様は今どこにおられるの？」

「自宅よ。心配だから、うちへ呼ぼうとしたんだけど、『母さんがいつひょっこり帰って来るか分らん』って言って、一人でいる」

と、秋代はため息をついて、「まさか自分が妻を殺したと疑われてるなんて、思ってもいないのよ」

そのとき、秋代は店の入口へ目をやって、

「あ！　――ここよ！」

と、手を振った。

パリッとしたスーツ姿の男性が鞄《かばん》を手にやって来る。藍には見憶えがあった。

「ご主人様ね」

と、藍は微笑《ほほえ》んで、「披露宴のときの白いタキシードより、やっぱり背広の方がお似合だわ」

「本間成人です。その節は」

「仕事、大丈夫なの？」

と、秋代が訊いた。

「うん。ちょうどこっちの近くへ来る用があったんだ」

と、本間は言った。

「何か食べる？」

「いや、コーヒーだけもらうよ」

「今、藍に話したところ」

「そうか。――ぜひ力になってやって下さい」

「私でできることなら……」

そこへ、秋代のケータイが鳴り出した。

「父だわ。ちょっとごめんなさい」

と、ケータイに出ながら出入口の方へと立って行った。「もしもし？　――ええ、私」

藍はコーヒーを頼むと、

「銀行にお勤めでしたね」

「ええ」

と、本間は肯《うなず》いたが、ちょっと言いにくそうに、「実は、秋代には話してないんですが……」

「え？」

「ヨーロッパ旅行へ出かける前、新井さん――お義父《とう》さんが、僕の支店へみえたんです」

「何のご用で？」

「男同士の内密な話だっておっしゃって……。金を貸してくれ、と」

「奥様に内緒で、ということですか」

「ええ。秋代にも絶対言うなと。――一千万、担保なしで借りたい、とおっしゃったんです」

「担保なしで？」

「つまり、人に知られたくない事情でお金が必要だったんでしょう」

「それは……女性のことですね」

「ええ。定年になった会社で、部下だった女性と、この何年間か、深い仲だったようです」

「まあ……」

「当然、定年になって、関係も終ったらしいんですが、その女性から『手切れ金を三千万よこせ』と言われたらしく……。もちろん、新井さんは断ったそうですが、女の方は、奥さんに自分と新井さんの二人の写真を見せると言って脅し……。結局一千万ということで、女は納得したそうです」

「それで――貸したんですか」

「いえ、とんでもない！　担保もなしにそんなお金……。お断りすると、新井さんはひどく困った顔で帰って行かれました」

藍は店の出入口の方へちょっと目をやって、

「この話、秋代には――」

「話していいものか、迷っています」

と、本間はため息をついて、「彼女、父親っ子で、まさかそんなことがあるとは思ってもいないでしょうから」

「そうですね。――新井さんと関係があったっていう女の人、連絡は取れますか？」

「ええ。これが名前とケータイ番号です」

と、メモを取り出して渡し、「何とか、秋代に知られずに済ませたいと……」

「分りました」

藍はメモをバッグへしまった。

ちょうど秋代が戻って来た。

「――父が、昔、母が泊ったことのある旅館を思い出したって……。一応訊いてみるわ。母がそんな所にいるわけないと思うけど……」

そう言って、秋代は沈んだ様子で水を一口飲んだ。

2　寂しさの空気

玄関のドアはすぐにパッと開いた。

「いや、失礼……」

と、新井呈一は言った。「女房が帰ったのかと思って」

「すみません」

と、藍は言った。「秋代さんの友人の町田藍と申します」

「町田さん？　――そうですか」

「お邪魔してても？」

「ああ、もちろん」

新井のことを、藍もそうはっきり憶えているわけではない。母親の照子はともかく、父親とはほとんど会っていない。

しかし、去年、秋代の結婚式で見かけていた姿と比べても、新井は何十歳も年齢《とし》をとって見えた。髪は真白だ。

まだ六十歳のはずだが、七十過ぎにしか見えない。

「――そうですか」

と、新井はお茶を出しながら、「秋代の奴がね……。心配かけてしまって、申し訳ないと思ってますよ」

家の中は、どこか閑散としていた。

いや、物が雑然と置かれているのだが、それでいてポッカリと空白があちこちに見えるのである。

「――ご心配ですね、奥様のこと」

と、藍は言った。

「全く……。昔、『神隠し』って言葉があったでしょう。今の人は知らんかもしれんが。――そんなことでもなきゃ、あいつがいなくなるなんて、考えられない」

藍はお茶を飲んで、

「実は――」

と、切り出した。「私、霊感が人より強いんです」

「ほう」

と、新井は目を見開いて、「ああ！　秋代の話していたのは、あんたのことですか。バスガイドさんとか」

「ええ。もちろん、たいしたことはできないんですが、もし差《さ》し支《つか》えなかったら、この家の中を見て回ってもいいでしょうか」

「もちろんですよ。どこでも見て下さい」

と、新井は言った。

「では、すみませんが、その間、出かけていて下さいますか」

「私が？」

「はい。ご主人の気持が邪魔をすることもありますので」

「分りました。じゃ、その辺を散歩でもして来ましょう。どれくらい行っていれば？」

「できれば一時間ほど」

「分りました。では、よろしく」

新井は財布とケータイを手に、出かけて行った。

藍は玄関に鍵をかけると、居間に立って、ゆっくりと周囲を見回した。

――九月に二人が旅行から帰って、もう二か月たっている。もし新井照子の身に何かあったとしても、その気配が今まで残っているとは考えにくい。

しかし、夫はずっと妻の帰りを待っている。それが何かを引き寄せないとも限らない。

藍は一階の台所や風呂場などをゆっくりと見て回った。

直感的にだが――おそらく照子は死んでいるだろう、と思っていた。

それこそ「神隠し」でもなければ、誰かが照子を殺した、ということになる。

しかし、なぜ？　――霊感とは関係なく、藍は台所の戸棚の引出しを一つ一つ開けて、中を調べ始めた。

そして、階段を上って二階へ。

寝室はカーテンが閉って、薄暗かった。

ツインベッドの片方は、きちんとシーツが伸びている。

「そうだわ」

このベッドは、照子が整えたままだろう。それなら、何かが残っているかもしれない。

ベッドの傍《かたわら》に膝をつくと、両手でそっとシーツの表面を撫でてみた。

そこには、ぬくもりの記憶があった。

まだ過去が残っている！

藍は目を閉じて、指先で枕をそっと押した。

――近付く人の気配に、全く気付かなかった。

突然頭から布をかぶせられ、藍は手を振り回したが、次の瞬間、頭を殴られて、そのまま気を失ったのだった……。


「大丈夫？」

と、心配そうに藍の顔を覗き込んだのは本間秋代。

「うん……。心配しないで。私、生れつき石頭なの」

と言いながら、藍は頭のコブをそっと撫でて、「いてて……」

と呟《つぶや》いた。

「でも、一体誰がこんなこと――」

「全くびっくりしたぞ」

と、新井呈一が言った。「帰って来て、この人の姿が見えんので、上って来てみると、ここに倒れていた」

「ああ……。もう平気です」

と、藍は肯いた。

父親からの電話で、秋代はびっくりして飛んで来たのだった。

「ともかく誰かがこの家へ侵入したのよね」

と、秋代は言った。「警察へ届ける？」

「いえ、いいわ、今のところは」

「今のところって？」

「お母様の行方が分らない内は、ってことよ」

居間で一息つくと、

「それで、何か分ったんですか」

と、新井は訊いた。

「そこまで行かない内に殴られました」

と、藍はお茶を一口飲んで、「でも確かなのは、霊が私の頭を殴ったわけではないってことです」

「それって、母が姿を消したことと関係あるって意味ね」

「たぶんね。――人間一人、消えてしまうわけはありません。誰かがお母様を連れ去ったということでしょう」

「しかし、なぜ……。照子が恨まれるなんてこと、考えられんが」

「奥様がご自分で家を出るような理由はありましたか」

「まさか！　あり得ないことです」

と、新井は即座に言った。

「夜は仕事が入っていますが、昼間は時間があります。調べてみますわ」

「藍、ごめんね、危いこと頼んで」

「いいのよ」

と、藍は微笑んで、「このコブのお返しをしないとね」


たいていは、何人かずつ連れ立って来るのに、その席だけはポツンと一人、ランチを食べていた。

藍はタッタッと歩み寄ると、向いの椅子に座って、

「お邪魔しても？」

「あの……」

「戸山《とやま》あゆ子さんですね」

「そうですけど」

「ちょっとお話ししたいんです。お昼休みの間だけで結構ですから」

「はあ……」

藍はコーヒーだけ頼んで、

「新井呈一さん、ご存じですね」

「新井さん？　この間定年で——」

「そうです。今、奥様が行方不明なんです」

「え？」

戸山あゆ子は愕然《がくぜん》とした。「それって……」

「ご存じなかったんですか」

「全然そんなこと……。どうしたんですか？」

「分りません。もう二か月近くになります」

「まあ……」

「海外旅行から帰られた日で」

と、藍は事情を話して、「ご主人が殺したという噂《うわさ》まで、ご近所では広まっています」

「そんな！　新井さんは奥様を本当に大事にしておられました。そんなことあり得ませんわ」

「そうですか」

藍はコーヒーを一口飲むと、「お気を悪くされないで下さいね。あなたと新井さん、何か特別な関係がありました？」

戸山あゆ子は一瞬詰った。

「――いえ、ありません」

と、目を伏せる。

「本当ですか」

「私は……新井さんが好きでした。でも、片思いです。ずっとそうでした」

と、戸山あゆ子は肩をすくめ、「そんな——特別な仲になるなら、もっと若くて可愛《かわい》い子ですよ。私はもう三十七で……」

確かに地味な女性ではあるが、男女の仲には色々例外というものがある。

「でも、どうして私のことを？」

「それは、ある人から、としか申し上げられません」

と、藍は言った。

「分ります。あのお嬢さんですね」

「——秋代さんのことですか？」

あゆ子は肯いて、

「一度、定年で辞められてから、書類のことで、新井さんのお宅へ伺ったことがあります」

と言った。「そのとき……」

ここが新井さんの家……。

居間へ上ったあゆ子は、新井に書類を渡して、

「すみませんが、署名と判を。できれば実印がいいと言われて来ています」

「分った。――実印は確か金庫だな。ちょっと待っててくれ」

新井は、会社にいたころと少しも変らなかった。ソファから立ち上ると、

「女房が出かけてるもんで、すまんね。お茶も出さなくて」

「いえ、お構いなく」

「待っててくれ。書いて持って来る」

「はい、どうぞごゆっくり」

新井は行きかけて、

「会社はどうだ。相変らずか？」

と、あゆ子に訊いた。

「ええ。課長は血圧ばっかり気にしてますし、部長はゴルフの自慢で。――この間、ホールインワンっていうんですか。それをやった、って」

「へえ」

「あれって保険に入るんですってね。聞いてびっくりしました」

「当分その自慢だな」

「でも――新井さんがおられないと寂しいです」

「ありがとう。俺も、君がときどき買って来てくれた、何とかいう和菓子が懐しいよ。

あれは旨《うま》かった！」

と笑って、「じゃ、ちょっと待っててくれ」

「はい……」

あゆ子は胸がしめつけられるように痛んだ。

言ってくれれば、その和菓子を買って来たのに……。

あゆ子は居間の中を見回していたが、ふと立ち上ると、ダイニングキッチンへと入って行った。

テーブルの上は空っぽで、流しに、使った皿や茶碗《ちゃわん》が重ねてあった。

新井の生活の匂いがした。——いなくなってみると、あゆ子にとって、新井がどんなに大きな存在だったか、改めて感じられた。

もちろん、定年を迎えた新井に恋したところで仕方ないことは分っている。でも……。

もしかして……。そう、もしかして、新井の妻が突然の病で亡くなったら。そのときはあゆ子が新井を慰めに来よう。

そして、新井もあゆ子の気持に気付くかも——。

「馬鹿なことを考えないで」

と、口に出して呟くと、頭を振った。

「——どなた？」

と、突然声をかけられ、あゆ子はびっくりして振り向いた。

「あ……。私、新井さんの部下だった戸山と申します」

「そうですか。娘です」

「あ、どうも……。秋代さん、ですね」

「ええ。——何をしてらっしゃるんですか？」

突然のことで、あゆ子はうろたえていた。しかも、新井の妻が死んだら、などと考えていたときだったので、ますますどぎまぎしてしまったのだった。

「秋代か」

新井が戻って来て、「何してる」

「別に。この人が台所にいたんで」

「すみません！　勝手に拝見してしまって」

と、あゆ子は謝って、「もう失礼します」

「これでいいかな。見てくれ」

と、新井が差し出した書類を受け取ると、あゆ子は逃げるように新井家を出た。

「——あのとき、秋代さんがきっと『変な女だ』って思われたんでしょう」

藍は、戸山あゆ子の言葉を、否定も肯定もしなかった。あゆ子はフッと我に返った様

子で、

「すみません。もう昼休みが終るので」

「どうぞ、お戻りになって下さい。突然、すみませんでした」

「いえ」

あゆ子は伝票を見て、自分の分のお金を置くと、「よろしくお願いします」

「はい」

「あの——もし、新井さんの奥様が無事に戻られたら、教えていただけますか」

「分りました」

あゆ子は、名刺にケータイ番号をメモして渡すと、「奥様を捜すのに、何かお役に立てることがありましたら、何でもおっしゃって下さい」

と言った。

「そうですね。——ちょっと待って下さい」

「え？」

藍は、今まであゆ子が飲んでいたコーヒーのカップを手に取ると、両手で包むように持って目を閉じた。

ぬくもりが伝わって来る。——何か出まかせを言ってごまかしているのなら、わずかでも汗をかいて湿っている。

「――何してらっしゃるんですか？」

あゆ子はふしぎそうに言った。

「いいえ」

藍はカップを戻すと、「寂しい方なんですね、あなたも」

「はあ……」

あゆ子が当惑している。

「あなたの力をお借りすることになるかもしれません」

と、藍は言った。

3　思い出巡り

夜になるのが早い季節である。

集合時間に三十分以上あるが、もうすっかり暗くなっていた。

バスの前で待っている藍の目に入ったのは、学校帰りのセーラー服の女子高生。

「藍さん！」

と、手を振るのは、遠藤真由美、十七歳。

〈すずめバス〉のお得意様だ。

「早いわね！　帰りに真直《まつす》ぐ？」

「うん、家に帰ってたら間に合わないから。途中でハンバーガー、食べて来た」

「お弁当が付かなくてごめんなさい」

「いいえ。藍さんのツアーはいつも面白い経験ができるから」

藍の霊感絡みのツアーには、必ず姿を見せる真由美だった。

「今日はどんな幽霊と会うの？」

「待ってよ。行方不明の人だけど、亡くなってるとは限らないの」

「何だ、つまんない」

と、真由美は口を尖《とが》らした。

「奥さんが姿を消して二か月たつの。ご主人がみえるから、そんなこと言っちゃだめよ」

「はい、気を付けます」

と、真由美は学校の先生にでも言うようにピンと背筋を伸し、「じゃ、一番前の席を取ろうっと」

さっさとバスに乗り込んで行く。

藍が苦笑していると、ケータイが鳴り出した。

「――もしもし、町田です」

「本間です」

秋代の夫だ。「秋代はもうそちらに？」

「いえ、まだおみえじゃありません」

「そうですか。僕もご一緒できればと思ってたんですが、どうしても仕事の切りがつかなくて」

と、本間成人は言った。

「お気づかいなく。新井さんのことは、秋代さんと二人で充分に用心しますから」

「よろしくお願いします。それで……秋代から一応話は聞いたんですが、何でも、ご夫婦の思い出の場所を巡るとか」

「そうなんです」

と、藍は言った。「もちろん、そんなことで、照子さんの行方が分るとは思えませんが、何かの手掛りでもあれば、と思いまして」

「何か分るといいですね」

「でも、心配もあるんです」

「というと？」

「ただでさえ、新井さんの心痛が長く続いているのに、わざわざ思い出の場所を訪ねたりすれば、ますます心臓に負担が……」

「心臓に？　どこか悪いんですか、義父《ちち》は」

「これは内緒ですけど」

と、藍はちょっと声をひそめて、「検査で心臓に問題があると……」

「それは知りませんでした」

「用心しますが、万が一の時はすぐ病院へ直行しますので」

「どうぞよろしく」

「あ、みえたようです。では……」

通話を切ると、藍は新井呈一と、付き添って来た秋代を出迎えた。

「ご無理をお願いします」

「いやいや、家の中でじっとしていても、家内がどこへ行ったか、分りはしませんからね」

と、新井は言った。

「何言ってるの。私が無理に引張り出して来なかったら、ベッドの中で丸くなってたくせに」

と、秋代がからかう。

「お乗り下さい。一番前の二席が取ってありますから」

と、藍は言った。

十五分前くらいから、常連客たちが次々にやって来て、

「今日は楽しみだよ」

と、ニコニコしながら乗り込んで行く。

五分前には全員が揃《そろ》い、藍はバスに入ってマイクを握った。

「今日は、二か月前、行方不明になられて今もどこにおいでか、何の手掛りもない、新井照子さんを捜すツアーです」

と、藍は言った。「私の能力がお役に立つか、自信はありませんが、できるだけのことはしようと思いますので、ご協力下さい」

客の中から、

「頑張れ！」

「藍さんなら、きっと見付けるよ」

と、声が上った。

「ありがとうございます。——今日、特別参加いただいたのは、新井呈一様。照子さんのご主人でいらっしゃいます」

新井が立ち上って、振り向くと一礼した。大きな拍手を受けて、

「励ましのお気持、嬉しいです」

と、涙ぐんでいる。

「ではまず、奥様の照子さんと初めてお会いになった場所へ参りましょう。ご記憶ですか？」

「もちろん。――N駅の改札口でした」

と、新井は言った。「夕方から突然の雨で、改札口を出た所で、大勢傘のない人が固まっていました。私はたまたま前の日会社に忘れて来た折りたたみ傘を持っていて……。広げて雨の中へ出ようとすると、傍に心細い様子の若い女性が。『入って行きますか？』と私は声をかけました。それが照子で。――正直、帰る方向は正反対だったのですが、『同じ方向だから』と言って、送って行ったのです。雨の中、二十分も歩きました」

バスが走り出して、N駅へと向った。

「ここは初めてのデートの場所です」

と、新井は言った。「何しろ金がなかったので……」

バスを降りたツアー客たちの間に笑いが起った。

そこは夜の公園。

高い丘の上で、見下ろす夜景は美しかった。

「あのころは、こんなに明りが多くなかった」

と、新井は夜景を眺めて、「それでも、『きれいだわ』と、照子は言ってくれました」

「いい奥様ですね」

と、真由美が言った。

藍は、真由美がちゃんと「過去形にせず」言ってくれたのがありがたかった。

「そう。冬でね」

と、新井は思い出したように、「北風が吹きつけて来て寒かった！　まあ、おかげで照子を遠慮なく抱きしめられましたが」

藍は、こうして〈思い出の地巡り〉をしながら、新井が「妻の死」という現実と向き合う準備をしている、と感じていた。

「――藍さん」

と、真由美がそっと寄って来て言った。「何か分ったの？」

「まだ。待ってて」

と、藍は言った。

真冬ほどでなくても、やはり風は冷たい。

「バスに戻りましょう」

と、藍は言った。「次は、結婚されて最初に住まれた所へ」

「分りました」

と、新井は肯いた。「いや、こうして回ってみるのも楽しいものですな」

全員がバスへ乗り込み、新井が運転手の君原《きみはら》に場所を説明して、

「あのボロアパートが、今でもあるかどうか分りませんがね」

と、付け加えた。

バスは夜道を走って、約三十分。——下町へと入って来た。

「あの信号を左折です、確か」

と、新井は外を見ながら、「いや、しかしすっかり様子が違っちまってるな」

君原がスピードを落とし、

「この先は狭くて入れないですが」

「じゃ、降りましょう。ほんの五、六分ですから」

と、新井は言った。

全員がバスを降りると、夜の道をゾロゾロ歩いて行く。自転車ですれ違った人が、目を丸くしていた。

「——いや、もっと近いと思ったが」

と、新井が息をついて、「それとも建て替えられて、気付かないで通り過ぎたのかな」

少し行くと、新井の足がピタリと止った。

「――驚いた」

と、新井は目を見開いて、「そっくりそのまま残っている」

確かに、そこには今にも倒壊しそうなボロアパートがあった。

「誰も住んでないのね」

と、真由美が言った。

どうやら、マンションか何かになるはずが、会社が潰れでもして、工事が始まっていないらしい。古いアパートがそのまま残っているのだ。

「どこにお住いだったんですか?」

と、藍が訊く。

「二階の――端の部屋ですよ。ああ、ガラス窓に紙が貼ってあるのは、照子が風よけに貼ったんです」

藍は、その窓に、何か奇妙な「熱」を感じた。――誰かがいる。

「部屋を見て来ます」

と、藍は言った。「皆さん、ここでお待ち下さい」

「私も行く」

と、真由美が言った。

「だめだめ。もし、誰かが勝手に入り込んでたら……」

「行くったら、行く！」

藍はため息をついて、

「じゃ、何かあったら、すぐ逃げるのよ」

「うん。藍さんをパッと見捨てて逃げる」

「――そう」

藍と真由美は、ミシミシきしむ外階段を上って行った。


ケータイが鳴って、本間成人は手を休めると、

「もしもし」

と出た。

「あなた？」

「秋代か。どうした？」

「あの――バスのツアーの途中で父が倒れて……」

「何だって？　それで、お義父さんは？」

少し間があって、

「すぐ病院に運んだけど……。手遅れだった」

と、秋代は震える声で言った。

「そうか……。残念だったな。――もう少しで仕事の切りがつくから、駆けつけるよ」

「一旦家へ帰るわ。あなたも」

「分った。元気出せよ」

と、本間は言った。

「うん……」

切れると、本間は大きく息を吐いて、

「やったぞ」

と小躍りした。

そして、ケータイで発信した。

「――もしもし、本間だよ。――分ってる。そう怒鳴るなって。――ちゃんと金は返す。あてができたんだ。嘘《うそ》じゃない！」

と、強調する。「女房の父親が死んだんだ。遺産は女房が受け継ぐ。家と土地で、何千万かになるぞ」

本間はニヤリとして、

「だから少し待ってくれよ。相続する手続きが必要だからな。――ああ、連絡するから。――うん、よろしく」

通話を切ると、本間はちょっと笑って、

「あのバスガイドに礼を言わなきゃな」

と言った。

「どうして？」

と、声がした。

振り向いた本間は、藍が立っているのを見て、

「何してるんだ、こんな所で！」

「それはこちらの訊くことですね」

と、藍は言った。

ここは、新井家の寝室だった。

「僕の妻の実家だ。ここにいて何が悪い！」

と、本間が言い返した。

「――見ていました」

突然、天井近くの戸棚が開いて、戸山あゆ子が顔を出した。

「お疲れさま。窮屈でしたね」

「その人、新井さんが亡くなったと聞いて、小躍りしてましたわ」

と、あゆ子は戸棚から下りて来た。

「電話してるのは聞いたわ。本間さん、大分借金がおありのようですね」

「そんなことは――君のような他人の口出しすることじゃない！」

本間は真赤になって怒鳴った。

「私なら口出ししてもいいわね」

藍の後ろから、秋代が現われた。本間は唖然として、

「お前……今……」

「この家の表で電話してたの」

と、秋代は言った。「結婚前に、借金は全部返したって言ったのに……」

本間はベッドに腰をおろすと、

「そう簡単に、借金が返せるもんか。――お前なんかにゃ分らない！」

「本間さん。あなたは、新井さんには怖くて話せず、照子さんに相談したんですね。でも、照子さんはヨーロッパ旅行から帰ってから返事する、と……。あなたは帰宅をこの近くで待っていた。照子さんは、どうにもできない、と答えた」

「そんな話を――」

「照子さんから聞きましたよ」

「――何だって？」

「あなたは照子さんをさらって、川へ投げ込んだ。でも、照子さんは生きてたんです」

「そんな……」

「でも記憶を失って、それでも、さまよい歩いてる内に、初めて夫婦で住んだアパートに辿《たど》り着いたんです。そこでぼんやりしていると、ホームレスの人がお弁当を分けてくれたりして、命をつないでいたんです」

「ひどい人！」

と、秋代は夫をにらんで、「もう許さないから！」

本間は少しして、かすれた声で笑った。

「じゃ、親父さんが死んだってのも嘘か」

「そうよ」

「そうか。――両親が死んで、次はお前が死ねば、遺産は僕のものだったのに。惜しかったな」

「あなた……」

「まあ……これで借金取りの電話に怯《おび》えないですむか。それだけでもありがたい」

本間は汗を拭《ぬぐ》った。

「あなた。――自首して。母を殺そうとしたって」

「ごめんだ。面倒だよ。誰か連れてってくれ！」

「ご一緒しましょう」

と、藍は言った。「警察署の前で降ろします」

「私、母の入院した病院へ行くわ」

と、秋代が言った。「生きてて良かった……」

「お父様へよろしく」

本間は立ち上ると、寝室を出たが――。

突然、本間は階段から思い切り身を躍らせた。

「あなた！」

秋代が叫んだ。

藍は階段を駆け下りると、ぐったりと倒れている本間の方へ身をかがめ、

「――首の骨を折ったようね」

と言った。「亡くなっているわ」

「父には、私から話すわ」

と、秋代は言った。

「でも――これで、お母様も無事帰宅されるわね」

「藍さん、分ってたんじゃない？」

と、真由美が言った。

「本間さんのこと？　ここの鍵を開けて入って来てるし、寝室で何かを捜してたんだろうなと思ったわ。きっと、預金通帳と印鑑ね」

「お金って怖いね」

と、真由美が言った。「私、そこそこの稼ぎの人と結婚しようっと」

無邪気の園

1　静かな保育園

「やっぱりいいわねえ、子供は」

と、町田藍は言った。

「そう?」

と、間百合恵《はざまゆりえ》は嬉《うれ》しそうに笑顔を見せ、「確かにね。迷ったけど、今は産んで良かったと思ってる」

二人の視線の先には、ベビーベッドでスヤスヤと眠っている、この家の「王子さま」がいた。

「藍、コーヒー、飲む?」

と、百合恵は言った。

「あ、大変でしょ。いいのよ」

「私が飲みたいの!　付合って」

藍は笑って、

「OK。もちろんいただくわ」

「たまにはコーヒーでも飲みたいなって思うんだけど、一人だとつい面倒でね。仕度している間に、この子がグズりだしたら、コーヒーどころじゃないしね」

と、百合恵は台所へ立って行って、コーヒーを淹《い》れてくれた。

「以前は豆を買って来て、ミルで挽《ひ》いてたんだけど、今はこの子の目を覚まさせちゃったら、と思うとね。仕方なく粉で淹れるしか……」

――都内有数の弱小バス会社、〈すずめバス〉のバスガイド、町田藍。

今日は昼の仕事がなかったので、大学時代の友人宅へやって来たのである。

「静かね」

と、藍は少し伸び上って、「眠れる森の美男子」（?）を眺める。

「今だけよ」

と、百合恵は苦笑した。「一旦目を覚まして、『おっぱいよこせ!』って泣きわめくときの声の凄《すご》さったら大したもんよ」

「そうか。でも赤ちゃんは泣くのが仕事だものね」

百合恵はコーヒーを運んで来て、

「ああ!　久しぶりの香り高いコーヒーにお目にかかったわ!」

と、ため息をついた。

藍は、かつて大学きっての秀才だった百合恵が、こうして主婦になり、子育てしているのを見て、何となくふしぎな気がした。

「――百合恵、働く気はないの？」

と、コーヒーを飲みながら訊《き》く。

「あるわよ、もちろん」

「そうだよね。百合恵は英語もペラペラだし、フランス語も分るんだよね」

「今、中国語やってるの」

「へえ」

「この子が一歳になったら、保育園に入れて仕事しようかな、って思ってる」

「卓郎《たくろう》ちゃん、今どれくらいだっけ？」

「八か月。そろそろ保育園とか捜してるんだけど」

「へえ……」

やっぱり、このまま家庭に納まっていられる百合恵ではなかった。

――旧姓牧野《まきの》百合恵は、大学院の博士課程を終えて、今の夫、間有介《ゆうすけ》と出会った。二つ年上で、エリートビジネスマンを絵に描いたような美男子だった間有介と百合恵はアッという間に恋に落ち、結婚。卓郎が生れたのである。

「有介さん、どう言ってるの？」

と、藍は訊いた。

日本の男は、結婚前には「女性も仕事を持たないと」と言っていても、いざ結婚するとガラッと変ることが多い。

中には、

「いつも家にいて、家事もちゃんとやってくれるんだったら、好きな仕事をしてもいいよ」

と言って、即離婚されてしまった亭主もいる。

「うん。まあ、一応表向きは『働けば？』って言ってるけど。――内心はそう喜んでないと思うんだ」

「やっぱりね」

「自分が忙しいでしょ？　私の代りに保育園にお迎えに行ったりとか、してくれないと思うの」

「日本のビジネスマンも気の毒ね。有能なら夜中まで働かされるし」

「そうね……」

と、百合恵は呟《つぶや》いた。

「ここに来る途中、〈保育園〉って看板を見たようだったけど」

「ああ、すぐそこね」

と、百合恵は言った。

「でも、とても静かだったわよ。本当にここ保育園かしら、って思ったわ」

「まだオープンしてないんだもの、当然よ」

「え？　そうなのか」

と、藍は目をパチクリさせた。

「うん。もうじき募集が始まるんじゃない？」

と、百合恵は言った。「もちろん、アッという間に一杯になるでしょうね」

「そうね。ただでさえ足りないんだものね」

と、藍は肯《うなず》いて、「百合恵も申し込むの？」

「どうかなあ。まだちょっと早い気がして。でも、そんなこと言ってたら、一杯になっちゃうだろうし」

と、百合恵は首をかしげて、「悩むところね。でも、一歳ぐらいにはならないと――」

自分のことが話題になっていると分ったのか（?）、とたんに卓郎が「ギャーッ！」と泣き出した。

「あーあ。コーヒー一杯、最後までゆっくり飲めなかった」

と、百合恵は嘆きながらコーヒーを一気に飲み干し、「はいはい！　ちょっと待ってて！」

と、立って行った。

赤ん坊に乳を含ませる百合恵をしばらく眺めてから、藍は、

「私、そろそろ行かないと。今夜は〈霊感ツアー〉があるの」

「大変ね。あなた、相変らずツアーやってるの？」

「年中じゃないわよ。あんなもの、しょっちゅうやってたら身が持たない」

並外れて霊感が強く、幽霊に会ったりする町田藍は、その手のファンを抱えて、〈すずめバス〉の稼ぎ頭である。

「じゃあね、百合恵」

「うん。ごめん、このままで」

「いいの。卓郎ちゃんにお腹一杯、お乳をあげてちょうだい」

藍は、もう一度「お食事中」の卓郎を眺めてから、玄関を出ようとした。

すると、ドアが外から開いて、

「あ……」

「やあ、これはどうも」

夫の間有介が立っていたのである。

「――あなた、どうしたの？　こんなに早く」

と、百合恵が出て来て、「憶えてるでしょ、町田藍さん」

「もちろん。有名な霊能者だからね」

「とんでもない」

「仕事の途中なんだ。近くを通ったんで、うちの王子様の顔が見たくなってね」

「結構ですね」

と、藍は微笑《ほほえ》んで、「じゃ、私はこれで」

——マンションを出ると、藍はちょっと足を止め、振り返った。

少し気になることがあったのである。

間有介に会ったのは、結婚式のときに見て以来だが、あのときの明るい前向きのエネルギーが失われているように感じた。

玄関で顔を合せたとき、一瞬戸惑ってしまったほど、外見は変らないのに、「別人のように」見えたのだ。

玄関を出るとき、チラッと振り返って見た間有介の後ろ姿。——ズボンの尻が汚れていた。

オフィスや電車で座っていても、あんな風に汚れることはない。小さな枯葉がこびりついていた。

どこか、外の公園のベンチなどに座っていたのではないか。

もちろん、エリートといえどもこの不況の中、いつまでもポストが保証されているわけではない。間有介も、もしかしたら不本意な仕事に回されてくさっているのかもしれない。それだけのことならいいのだが……。

「ま、お節介よね」

と呟くと、駅への道を歩き出した。

五分ほどで、〈保育園〉の前を通る。

確かに、新築の建物らしく、カラフルで可愛《かわい》い作りだ。

「それにしても静かね」

開園を控えていれば、忙しく人が立ち働いていても良さそうなものだが。

ちょっと足を止めて眺めていると、

「何かご用ですか？」

と、声をかけられた。

エプロンを着けた若い女性が、両手にスーパーの袋をさげて立っている。

「こちらの方？」

と、藍は訊いた。

「ええ。お子さんをこちらへ？　来週には、詳細を出しますので」

「ああ、そうじゃないの。私は独身」

と、藍は笑って、「友だちが近くにいるんで。子供をどこかに預けたいって言ってて」

「そうですか。今、人手を集めてるんです」

爽《さわ》やかな感じの女性である。まだ二十二、三だろう。

「何かありましたら、いつでもどうぞ。私、阿木《あき》といいます」

「友人に伝えます」

と、藍は言った。

そのとき、

「阿木さん」

と、建物から声がして、高級なブランドのスーツを着た女性が現われた。五十歳くらいだろうか。

「はい、園長先生」

と、阿木という女性は答えて、藍の方へ、「では」

と、会釈して建物の方へと歩いて行った。

「――誰なの？」

と、園長が言うのが、藍にも聞こえた。「得体の知れない人とは口をきかないようにね」

藍は、その二人が建物の中へ入ってしまうと、ちょっと首をかしげていた。

あれが「園長」か。――まあ、保育園といえどもビジネスだから、子供好きとは限らないだろうが、それにしてもどこか冷たい印象を与える女性だった。

藍は歩き出したが――。

ふと、少し離れて立っていた男性と目が合った。男はスッと目をそらし、立ち去ろうとしたが、気が変ったのか、

「――あんた、そこの〈太陽の子ども園〉に子供を入れるのかね」

と、話しかけて来た。

少々くたびれたジャンパーを着た、四十前後の男。しかし、ジャンパーがくたびれているのは、仕事のせいらしかった。

「いえ、そういうわけでは……」

藍の説明に、男は肯いて、

「そうか」

「あの――あなたはどういう係《かかわ》りの方ですか?」

「俺は大工さ。あの〈太陽の子ども園〉を建てた」

「そうですか」

確かに「職人」という感じがする。「ご自分の建てたものを見に来られたんですか?」

「うん……。ちょっと気になることがあってな」

男は肩をすくめて、「ま、あんたにゃ関係ないことだ」

「いえ、友人のこともあります。もし良かったらお話を聞かせて下さい」

と、藍は言った。

「まあ、いいけど……。じゃ、どこかその辺で」

「甘いものがお好きでは？」

「どうして分る？」

「勘です」

と、藍は微笑んだ。

2　未完成

藍の勘は当った。

その大工、桂木《かつらぎ》は、甘味の店で、お汁粉を二杯、ペロリと平らげたのである。

「旨《うま》い」

と、満足気に、「甘さが上品でいい」

「同感です」

と、藍は言った。

藍はアンミツを食べていた。

「あんたは甘いもののグルメ評論家か何かかね?」

と、桂木は言った。

「いいえ。私はバスガイドです、観光バスの」

「へえ……。じゃ、今日は休み?」

「この後、出勤です。夜のツアーなので」

藍は名刺を渡し、「町田藍と申します」

「なるほどね……。〈すずめバス〉? 〈はと〉なら知ってるけどな」

「それほど大手ではございません」

と、藍は微笑んだ。「あの近くの友人を訪ねての帰りです。あの〈太陽の子ども園〉の建設を手がけられたんですか?」

「うん、そうなんだ」

と、桂木は日本茶を飲んで、「和物の甘さにゃ、日本茶が合うな」

「あの保育園に、何か気になることって、何ですか?」

「うん……。妙な話なんだ」

「といいますと?」

「もともと、この不景気には、誠にありがたい話だった。うちの工務店へ、何だか偉そうな男がやって来て、『今度、保育園事業を始めるので、その第一号の建設をお宅に任せたい』と言った……」

三《み》つ揃《ぞろ》いのスーツのその男は、山野辺《やまのべ》といった。

「それは大変ありがたいお話で」

応対に出た桂木は言った。「土地はどうなってます？」

「確保してある。――これだ」

傍に置いた鞄《かばん》から取り出した図面をテーブルに広げる。ほぼ正方形の、広い道路に面した四百坪の土地。

「いや、すばらしい土地ですね」

「ここに、お宅の腕を振るって、ぜひ立派なものを建ててほしい」

「で、ご予算ですが――」

「そうだね。見積りを出してほしい。ともかく、今日手付を置いて行く。どれくらいかかるか調べてくれ」

「かしこまりました。詳しいご計画を――」

「改めて人を寄越《よこ》す」

そう言って山野辺は、封筒を出して、「これが手付だ。調査段階では充分だと思うが、何かあれば言ってくれ。——よろしく」

風のように来て、風のように去って行った。

桂木たち社員は、巨大なリムジンに乗り込む山野辺を呆気《あつけ》に取られて見送ったのだった……。

さらに、社内へ戻って、封筒の中身を見て桂木たちは腰を抜かすことになった。中に入っていたのは何と——。

「一億円？」

と、藍は目を丸くして、「一億円の小切手だったんですか？」

「木の葉に変るんじゃないか、ってみんなで何度も眺めたよ。しかし、小切手はちゃんと現金化できた」

「領収証は？」

「持って行かなかった」

と、桂木は言った。「ともかく、資金繰りに四苦八苦していたうちにとってはありがたかった。——むろん流用はいけないことだが、当面の借金の返済にも回した。ちゃんと、その分は埋めたがね」

「それで何か問題は？」

「怖いほど話はトントン進んで行った。ひと月後にはうちのデザイン画ができ、先方も気に入ってくれた。むろん、細かい点の直しはあったが……」

「それで？」

「人の手配、材料の手配、重機の手配……。先払いする現金があるから強い。三か月後には着工した」

「工事は予定通りに？」

「うん。まあ建物として、住宅よりは大きいが、高さは二階しかないし、難しい部分もなかった」

と、桂木は肯いた。「内装も含めて、ほぼ一年。――大体仕上ったんだが……」

「何かあったんですね？」

「もう工事の終了まで、あと何日というところで、突然……」

と、言葉を切って、「お茶をくれ！」

注《つ》がれた熱いお茶をガブ飲みして、

「突然言われたんだ。『一部は他の業者に任せるので、もうお宅の仕事は終りだ』とね」

「一部って、どこのことですか？」

「それが訊いても分らない。こっちも気になるじゃないか。どこか気に食わない所があったのかもしれない、とね」

「それについては？」

「いや、どこも気に入らない部分はない、ってことだった。じゃ『なぜ最後までやらせてくれないのか』と訊いても返事してくれないんだ」

「工事費は？」

「ちゃんと全額払ってくれた。もちろんありがたいが、それも妙だろ？」

「そうですね」

「後になって、一体あれは何だったんだろう、って気になってな。ああして見に行ったんだよ」

　藍は少し考えて、

「工事の終ってなかったのは、どこだったんですか？」

と訊いた。

「地下室だよ」

と、桂木は言った。「お汁粉をもう一杯もらおうかな。あんた、どうだね？」

「結構です」

と、藍はあわてて言った。

「保育園？」

　と、百合恵は言った。

「うん、近くに建ってるだろ。〈太陽の子ども園〉って」

「ええ、知ってるわ」

「そこの持主が、うちの大きな取引先なんだ」

「まあ」

　夕飯が九時ごろというのは、間家では早い方だった。

　有介は食事しながら、

「今日も話してて、俺が近くにいると知って、そのオーナーが、『お子さんを預けるなら、いつでも言ってくれ』という話でね。なかなか、苦労もしないで見付かるなんてこと、ないだろ」

「それはそうね。でも……」

　と、百合恵はためらった。

「何だ、嬉しくないのか？　君も働けるじゃないか」

「それは分ってるわ」

　と、百合恵は肯いて、「ただ――卓郎の場合、一歳までは待ちたいと思ってたから……」

と言った。

有介が、不意に冷ややかな目になって、

「俺の持って来た話が気に入らないのか」

と言った。

その日は、百合恵の見たこともない冷たさをたたえていた……。

卓郎がワーッと泣き出して、百合恵はやっと立ち上ることができた。

「オムツかな。――はいはい」

濡《ぬ》れたオムツを換えると、少し抱っこしてみたが、まだ少しぐずっている。

「じゃ、おっぱい飲む？」

と、居間のソファに腰をおろして、乳を含ませた。

そして、食事している夫の方へ、

「別に、あそこが気に入らないわけじゃないのよ」

と言った。「でも、一歳になってからでも遅くないと思って」

「うん、そうだな」

と、間有介は肯いて、「別に今すぐ入れなくてもな」

有介の顔は、いつもの表情に戻っていた。しかし、百合恵はついさっき有介が垣間見《かいまみ》せた冷ややかな怒りの表情が忘れられなかったのである。

それは今まで全く知らなかった有介の「顔」であり、眼差《まなざ》しだった。

「ね、あなた。今度、あの〈太陽の子ども園〉のパンフレットをもらって来てよ。一度、実際に中も見たいし」

「うん、そうだな。明日にでも、もらって来るよ」

と、有介は言った。

「あ、ご飯おかわり？　ちょっと待ってね」

「いや、それくらい自分でやるよ」

と、有介は笑顔で言った。

「ごめんね」

それはいつもの有介だった。しかし……。


少し長めにお風呂で遊んだせいか、卓郎はいつもより早めに眠った。

百合恵は先にベッドに入ろうとしたが、有介がシャワーを浴びている音を耳にして、ふとためらった……。

「――もう寝たのか」

明りを消した寝室に入って来ると、有介が言った。

百合恵は返事をせず、じっと目を閉じていた。夫はこのまま寝てくれるだろうか？

ツインベッドの一方に夫は一旦入ろうとしたが、立ち上って百合恵のベッドへ入って来た。百合恵は身動きして、

「あなた……」

「今夜はまだ早い。いいだろ？」

夫の手がパジャマの中を探って来る。

「ごめんなさい。生理が始まってるの」

「何だ、そうか」

「少し待ってね」

「分った」

有介は自分のベッドへ戻って行った。

「明日はいつも通りなの、帰り？」

「どうかな。もし、〈太陽の子ども園〉が開いてたらパンフレットをもらって来るよ」

「お願いね。――卓郎がすぐ慣れてくれるといいけど」

「大丈夫さ。いい男だから、女の子にもてるよ、きっと」

「そうね」

百合恵はちょっと笑って、「おやすみなさい」

「おやすみ」

――百合恵はしばらくじっと動かなかった。有介は眠っていない。気配で分っていた。しばらくして、有介が起き上ると、百合恵の様子を見ながらそっとベッドを出て、寝室から出て行った。

ドアが細く開いている。――百合恵がじっと耳を澄ましていると、何か小さく話し声が聞こえて来た。

百合恵はそっとベッドを出ると、ドアを少し開いた。

声は居間の方から聞こえる。

「――ええ、話はしてるんですが」

有介がケータイで話しているのだ。ソファに座った後ろ姿が見える。

「いえ、そこは何とかします。――はい、あのパンフレットを見れば安心すると。――そうですね。山野辺さんのお話を聞けば誰でも納得しますよ。説得力がありますからね」

パンフレット？　〈太陽の子ども園〉のことだろうか？

でも、なぜこんな時間に〈太陽の子ども園〉のことで電話しているのだろう……。

「もちろんです」

有介の声は、いつもとどこか違っていた。「山野辺さんのおっしゃる通りにします。

——ええ、どんなことでも」


百合恵は足音を忍ばせて寝室へ戻ると、ベッドへ潜り込んだ。

あの人は変った。どこがどう変ったのか分らないが、確かに変った。

百合恵は、寝室に戻って来た夫が、ベッドへ入る気配を感じ取っていた。

今日、生理が始まっていると言ったのは嘘《うそ》だった。夫を拒む口実を用意したのだ。

こんなことは初めてだった。

一体何がどうなっているのだろう……。

3 募集

「山野辺？」

と、藍は訊き返した。「確かに山野辺って言ったの？」

「そう聞こえたわ」

百合恵は肯いて、「藍、何か知ってるの？」

「知ってるかって言われれば……。はっきりしたことは知らないわ」

と、藍は言った。

突然、百合恵から、

「どうしても会いたい」

と、連絡があったので、藍もびっくりした。百合恵は、実家の母親に卓郎を預けて、藍と待ち合せたホテルのラウンジへやって来たのだった。

「ね、藍。私の話、どう思う？　私がどうかしてるのかしら」

藍は、百合恵が垣間見たという夫の「別人のような冷ややかな怒り」の顔のことが気になっていた。そして、あの〈太陽の子ども園〉を建てた大工の桂木の話……。

「――百合恵」

しばらく考えて、藍は言った。「これは私の直感なの。でも、取り返しのつかないことになったら、と思うと……。卓郎ちゃんをあそこへ預けるのはやめなさい」

「藍……」

「ご主人のこと、悪く言いたくはないけど、毎日見てるあなたは気付かないかもしれない。私の目には、以前のご主人とは別人のように見える」

「そうなの？」

「あなた――会社の電話、知ってる？」

「主人の？　ええ、もちろん」

「今、かけてみて。もし、ご主人がいたら、今夜は実家で用があるから泊る、と言って」

「うん」

百合恵はケータイを取り出し、有介の勤め先へかけた。「――恐れ入ります。間有介をお願いします。家内ですが」

向うの話を聞くと、百合恵の顔色が変った。

「――ありがとうございます」

と切ると、「あの人……工場の事務へ回されたって」

「そう」

「でも、あの人、毎日残業だって言って、遅く帰って来るわ」

「きっと、外で時間を潰してるのよ」

「あの人が……」

百合恵は力が抜けてしまった様子で、「そういうこと、世間じゃ珍しくないとは聞いてるけど、まさかあの人に……」

「エリートだけに、そのショックからなかなか立ち直れないのかもね」

「どうしよう……。あの人が山野辺って人と話してた電話の内容が気になるの」

「山野辺って、あの〈太陽の子ども園〉のオーナーらしいわよ。――どういう素性の人間か、当ってみた方が良さそうね」

「藍……。私、どうしたらいいかしら？」

百合恵も、さすがに途方にくれている。

「実家に行って、何か理由をつけて、しばらく帰らないことだわ」

「そうか……。そうね」

「しっかりして！　可愛い赤ちゃんは、まだ自分で自分の身を守ることができないのよ。あなたがしっかりしないでどうするの！」

藍の叱《しか》るような言い方に、百合恵も気を取り直して、

「本当にそうだわ！　――藍、ありがとう！」

と、藍の手を握った。

「ともかく、一度〈太陽の子ども園〉へ行って、様子を見ましょう」

「何でも、今日、入園を希望する人たちへの説明会があるそうよ」

「今日？　何時から？」

「たぶん……夕方だったと思うんだけど。今日、出がけに前を通ったら、そう貼紙《はりがみ》がしてあった」

「それならちょうどいいわ」

と、藍は肯いた……。

「皆さん、よくおいで下さいました」

と言ったのは、ビシッとしたスーツ姿の女性。「私、園長の久保田要《くぼたかなめ》と申します」

この前、阿木という女性が「園長先生」と呼んでいた。どこか冷たい感じがするが、経営者としては有能だろうと思わせるのも事実だった。

それにしても……。

藍は、説明会の開かれた〈太陽の子ども園〉の中のホールの入口に立って、ほとんど一杯になっている母親たちにびっくりしていた。

「この〈太陽の子ども園〉は、子供がのびのびと過せることを第一に……」

久保田要の説明を聞いていると、

「どうぞ、おかけになって」

と、そっと小声で言ってくれたのは、阿木という女性だった。

「どうも……」

藍は髪型を変え、メガネをかけて、別人のよう。

「あの……すみません」

と、藍は小声で、「お手洗をお借りしてもよろしいでしょうか」

「はい、どうぞ」

と、阿木という女性は藍を廊下へ案内して、「その奥です。突き当りを右手に」

「すみません」

藍はスーツ姿だった。いかにも、入園希望の母親という感じ。

廊下を行くと、チラッと振り返り、あの阿木という女性がホールの中に戻っているのを確かめて、突き当りを逆に左へと曲った。

あの桂木という大工から、〈地下室〉の場所を聞いていたのである。

「——え？」

一瞬、当惑して足を止めたが、すぐに分った。

地下室の入口があるはずの場所に、赤ん坊を抱いた母親の彫刻があったのだ。それを載せた台が、巧みに背後の切れ目を隠している。

なぜ地下室の入口を隠さなくてはならないのか。——藍としては、何とかこの中へ入りたいところだったが……。

「何をしておいでかな？」

背後から声をかけられて、

「あ、すみません！　トイレに行くのに、右と左を間違えて」

恰幅《かっぷく》のいい、三つ揃いのスーツの男、これが山野辺だろう。

「ああ、そうですか。いや、よくあることですよ」

と笑う。

「この母子の像、すてきですね！　有名な方のお作ですの？」

この問いが当った。

「いや、そうおっしゃられると……。これは私が作ったもので」

と、山野辺は嬉しそうに言った。

「まあ！　本当に？　何てことでしょ。芸術家でいらっしゃるんですね！」

と、大げさにびっくりして見せる。

「まあ、趣味で若いころから色々作っていましてね」

と、山野辺が得意げに鼻をひくつかせる。

そこへ、

「山野辺様、お願いします」

あの阿木という女性が呼びに来た。

「ああ、今行く。こちらの方に、この母子像のことを訊かれてね。——これは阿木しずかといって、ここの保育士たちをまとめる者です。若いが有能なんですよ」

「こんな方に子供をみていただけるのなら安心ですね」

「さ、参りましょう」

と、山野辺が促した。

「立派な施設ね」

「新しくてきれいだし……」

「それに、あの山野辺さんって方のお話が良かったわ！」

「ねえ、本当」

〈太陽の子ども園〉をゾロゾロと出て来る母親たちは、ほとんど好感を持っていたようだった。

　藍は外へ出ると、一人別の方向へと向った。

　少し行った所で、後からついて来る足音に気付いた。

　駅前に出て、横断歩道でチラッと見ると、ついて来ているのは、頭を短く刈った、一見して柄の悪そうな男だ。

　藍は駅の改札口を入ると、女子トイレに入った。

　数分後、藍は全く違うパンツスーツでトイレを出た。尾《つ》けて来ていた男は、改札口を出て行く藍を見ても全く気付かなかった……。


「〈すずめバス〉の町田と申します」

と、名刺を出して、「お忙しいところ、申し訳ありません」

　藍は、再び〈太陽の子ども園〉へやって来ていた。

「観光バスの……。どういうご用で？」

と、山野辺はふしぎそうに言った。

「ごもっともです」

と、藍はいつもの明るい口調で、「私どもは同業の〈はと〉のような大手ではございません。観光コースも、数よりも企画で勝負しております。たまたま、こちらに大変すばらしい保育園ができたと伺いまして、ぜひ見学させていただきたいと……」

「ほう」

「ただの見学でなく、皆さん、お子さんやお孫さんをここへ入れたい、という方を募集して、伺いたいのです」

「なるほど。それは面白い」

「いかがでしょう。ぜひご協力いただきたいのですが」

と、藍は身をのり出した。

「いいでしょう。いつごろおいでになりますか？」

「私どもには常連のお客様がおられまして、三日後くらいでいかがでしょう？」

「急なことですな。いや、いいですとも」

「ありがとうございます！　ここに入園を希望される親ごさんがきっと大勢おいでだと思います」

「もちろんですとも！　自信を持って申し上げられます。——ああ、久保田君」

と、山野辺は久保田要を呼んで、「園長の久保田君です」

山野辺が藍の話を伝えると、

「結構ですわ。いつでもおいで下さい」

と、久保田要は言った。「もう、明日から保育が始まりますから」

「明日からですか。定員までには余裕が？」

「少なくなっていますけどね。今日の説明会で、即座に申し込まれた方が大勢いらっしゃって」

と、得意げに言った。

「いや、大変嬉しいことです」

と、山野辺が肯いて、「私どもの方針に賛同していただいたということですからな」

「すばらしいことですね！　きっと私どものお客様方も喜ばれると思います」

と、藍は言った……。

具体的なことは改めて、と藍が立ち上ると、

「園長先生」

と、ドアが開いて、「失礼しました」

「いや、いいんだ。町田さん、具体的なことは、この阿木しずかと打ち合せて下さい」

「かしこまりました」

　藍が、阿木しずかに用件を告げると、

「まあ、そんな……。でも、三日後というのは少し早過ぎると思います。せめてひと月ぐらいしてからでないと」

「なに、ありのままの姿をお見せすればいいんだよ」

と、山野辺が言うと、阿木しずかもそれ以上反対はできないようだった。

「では、またご連絡します」

と、藍が園長室を出ると、ドアが少し開いたままで、

「――明日からの保育はとても無理です」

と、訴えるように言う阿木しずかの声がした。「まだ保育士の資格を持った人材が集まっていませんし……」

「何を言ってるの」

と、久保田要が冷ややかに、「もう募集して、明日からみえる子供が沢山《たくさん》いるのよ。あなた、その子たちを放り出しておくつもり？」

「そういうわけじゃありませんが……」

久保田要の声は一転して、やさしい猫なで声になり、

「大丈夫。あなたならできるわよ……」

――藍はその場を離れたが、あの阿木しずかという保育士さんは信用できそうだ、と思っていた……。

4　救出

約束の時間を十五分ほど過ぎていた。

藍は、大して気にせずに待っていたのだが、ふと思い立って、阿木しずかのケータイへかけてみた。

バスツアーを明日に控えて、打ち合せをしようと、今朝しずかへ連絡を取ったのだが、

「ぜひ、お会いしてご相談したいことが……」

と言われたのである。

夜、このパーラーで待ち合せていたのだが……。

呼出し音がしばらく続いて、切ろうとすると、向うが出た。

「あ、もしもし、阿木さん？　今、どちらですか？」

と、藍が言うと、

「失礼ですが」

と、別の女性の声がした。「このケータイの持主をご存じですか」

「は……。阿木しずかさんのケータイだと思います」

「確かに、身分証が〈阿木〉となっていました」

「その、そちらは……」

いやな予感がした。

「K病院の者です。阿木さんは数分前に亡くなりました」

藍は息を呑《の》んだ。

「何があったんですか」

「車にひかれたんです。信号無視の車が、阿木さんをひいて逃走しました」

「そうですか……。阿木さんと待ち合せていたので……。K病院ですね。伺います」

――藍は悔んだ。

あのとき、藍を尾けて来た、柄の悪い男がいた。あの〈太陽の子ども園〉には何か「裏の顔」があるのだ。

阿木しずかは、山野辺や久保田要に逆らった。それで殺されたのだろう。

まさか、ここまでやるとは……。

藍は急いでK病院へと重苦しい気持で向った……。

〈霊安室〉に横たわった阿木しずかの遺体は、あまり外傷はなく、きれいだった。

「ごめんなさい」

と、藍は語りかけた。「危険だっていうことを、薄々分っていたのに、あなたに言わなかった。――申し訳ないわ」

遺品のハンドバッグが置かれていて、中の品々が並べてあった。

藍は、少しふくらんだ小銭入れが気になって開けてみた。――小銭だけではなかった。白い錠剤がいくつか入っていたのである。

遺品は阿木しずかの家族のものだが、藍はその錠剤をそっと手の中に握りしめた……。


「藍さん！」

〈すずめバス〉でも、藍のツアーの常連、女子高生の遠藤真由美が、学校帰りのセーラー服でやって来た。

「毎度どうも」

と、バスの前で、藍は出迎えた。

「今日のツアーは何？　保育園に行くって本当？」

「ええ、もちろんよ」

「私、まだちょっと用がないと思うんだけど……」

と、真由美は言った。「もしかして、幽霊の出る保育園？」

「まあね」

と、藍は微笑んで、「もしかすると出るかもね」

「楽しみだわ！」

と、真由美は浮き浮きしながらバスに乗り込んで行った。

「変な高校生」

と、藍は苦笑した。

顔なじみのメンバーがやって来て、バスは出発した。ドライバーは、二枚目の君原である。

藍は、〈太陽の子ども園〉について、大ざっぱな概要を説明し、

「今日は何が起るか、私にも分りません。危険なこともあり得ますので、充分にご用心下さい」

と、呼びかけた。

たちまちバスの中は拍手が溢《あふ》れる。——「変な客」ばかりなのだった——。

「いらっしゃいませ」

と、久保田要が出迎えて、「園長の久保田です。本日は、私どもの保育の様子を、よくご覧になって下さい」

藍は、

「阿木さんはおいでにならないんですか?」

と訊いた。

「実は昨日事故に遭いましてね」

と、要は言った。「亡くなったんですよ」

「まあ、お気の毒な」

「若かったのにね。——さ、どうぞご自由にご覧下さい」

〈太陽の子ども園〉の中は、大勢子供たちがいたが、静かだった。どの子もおとなしく本を読んだり、積木をしたりしている。

何人かで遊んでいる子たちも、ケンカしたり泣いたりせずに遊んでいた。

「とてもみんな仲良くしているんです」

と、要は得意げに、「早くも、この〈太陽の子ども園〉に預けると、子供がとても聞きわけのいい子になると評判で」

藍は、ツアー客たちが自由に園内を見て回るに任せていたが——。

「おっと、失礼」

ぶつかりそうになった男性を見て、

「あ、間さん」

間有介だったのだ。

「何してるんですか？　お仕事は？」

「いや……。実は会社を辞めてね。今、この〈太陽の子ども園〉のオーナー、山野辺さんのお仕事を手伝ってるんだ」

と、有介は言った。

そのときだった。

「——あなた！」

と、叫ぶように言って、駆け込んで来たのは、百合恵だった。

「百合恵、どうしたの？」

ただごとではなく、百合恵の体が怒りで震えていた。

「この人が、卓郎をさらって行ったのよ！」

「おい、待て。卓郎は俺の子だぞ」

「母を殴ってまで奪って行っといて！」

「殴りゃしない。ただ——なかなか渡してくれないから、突き飛ばしただけだ」

「ひどい人！　あの子をどこへやったの？」

と、夫へつかみかかる。

「間さん」

と、山野辺がやって来て、「何か勘違いされておいでのようだ。お子さんは昼寝されていますよ。とても楽しそうにして」

「どこなんです!」

「まあ落ちついて——」

そのとき、藍は身震いするような冷気を覚えた。——やっぱり。

あなたなのね、阿木しずかさん?

「おい、どうしたんだ?」

山野辺が当惑している。

あの母子像が、ゆっくりと回転すると、地下室への入口が開いた。

「誰が開けた!」

「誰も。——阿木しずかさんの霊ですよ」

「何だと?」

そのとき、子供たちの様子がガラッと変った。

みんながワッと立ち上り、

「しずか先生だ!」

と駆け出して園庭へ飛び出して行った。

「先生！」

「しずか先生！　遊ぼう！」

藍の目には、ぼんやりと人の形をした白い光が見えた。そこの周囲に、子供たちが集まっている。

「どういうこと？」

と、要が目をみはって、「しずか先生は死んだのよ！　もういないのよ！」

「子供たちには見えてるんですよ」

と、藍は言った。「あなたの目には見えないでしょうが」

「馬鹿げてる！」

「そんなことはありません。あなたは、阿木さんを殺したつもりでしょうけど」

「殺した？　言いがかりです！」

と、要が言った。

「あの子は――」

と、百合恵が声を震わせる。

「地下室でしょう。入口をわざわざ隠しているのを見ても分るわ」

藍は先に立って、地下への階段を下りて行った。

ベッドが並んで、子供たちが眠っている。

「卓郎ちゃん！」

百合恵はその一人に駆け寄った。

「――ただの昼寝よ」

と、要は言った。

「そうじゃありませんわ」

と、藍は言った。「この薬のせいです」

藍が白い錠剤を取り出す。

「それは――」

「阿木さんの小銭入れに入っていたんです。私、今日午前中に大学病院にこの薬を持って行って調べてもらったんです」

「卓郎ちゃん！」

卓郎がワッと泣き出した。百合恵が抱き上げて、

「良かった！　うんと泣いてね」

「この錠剤は、麻酔薬の一種で、子供たちがおとなしくなって、生気を失っていく作用があるんです」

と、藍は言った。

「ひどいことを！」

と、百合恵が叫ぶように言った。

「――誤解があるようだ」

山野辺が地下室へ下りて来た。「私は、今の子供たちの、わがまま勝手なのを、何とかして治したいと思っただけだ」

「子供がわがまま？　大人はそうじゃないって言うの？」

と、百合恵は言った。

「今の若者たちに絶望的な思いを抱いていたのだ」

と、山野辺は言った。「そして悟った。成長してからでは遅い、ということを。だから、こうして保育園を作って、小さい内から、薬で従順な『いい子』を作ることにしたのだ」

「そんなやり方こそ、非人間的だわ！」

「君のご亭主は喜んで協力してくれたよ」

「あんな人、亭主じゃない！」

百合恵はしっかりと我が子を抱きしめた。

「何ごとだ？」

急に上が騒がしくなった。

「警察が来たのよ」

と、藍は言った。「この薬は、暴力団から仕入れてる。いずれ暴力団はもっと強い麻酔薬を与えるつもりだったでしょう。――阿木さんが薬の中身に疑問を持って、私に相談しようとしたので、殺させた」

「まあ……」

「ともかく、お母さんたちに事情を話して、この〈太陽の子ども園〉は閉鎖ね」

「馬鹿な！」

と、山野辺が憤然として、「私は国の未来を憂えてやったのだ。感謝されてもいいはずだ」

「そういう独善的な考えこそ、国を誤るんですよ」

と、藍は言った。

――園庭は、子供たちの歓声でやかましかった。泣いている子もいる。

「これが自然な姿ね」

と、百合恵は言った。

「百合恵……」

「大丈夫。私は立ち直れるわ。この子さえいれば」

「心配してないわよ」

と、藍は笑って言った。

「――藍さん」

真由美が興奮気味に、「私も白く光ってるものを見たわ！」

「あなたも将来は母になるからでしょうね」

「母か……。うん、子供ってすてきよね！」

ツアー客たちがどよめいた。

子供たちの声の中から、誰の耳にもはっきりと、大人の女性の明るい笑い声が聞こえて来たのだ。

「しずかさん」

と、藍は呟いた。「子供たちは無事よ」

「――しずか先生！」

子供たちは、大人の目に見えない「先生」の周りを、輪になって回った。――いつまでも。

風のささやき

1　風が鳴る

「ここは〈笛の谷〉と呼ばれております」

と、バスガイドが言った。

バスが停《とま》って、

「では、こちらでバスを降りていただいて、五分ほど歩くと、岬の先端へ出ます」

と、ガイドが言った。

「お姉ちゃん」

と、少しビールで酔った客が言った。「どうしてここが〈笛の谷〉なのか説明してくれよ」

ガイドは少しもあわてず、ニッコリ笑って、

「それは、バスをお降りになれば、すぐお分りになります」

と、言った。

扉が開いて、ガイドは先に降りる。そして二十人ほどの客は、ちっとも急ぐ気がない

様子で、ノロノロと通路を進んで、バスから降りる。

さっきの客も、五、六番目に降りて、

「おお！」

と、声を上げた。「こいつは確かに〈笛〉だ」

「お分りいただけて幸いでございます」

と、ガイドは言った。

ピーッと、正《まさ》に笛の鳴っているような音がずっと聞こえているのだ。

一通り客が降りて、

「ここは元々とても風の強い所でした」

と、ガイドが説明する。

狭い谷を抜けて、風が吹いているのだ。

「けれども、この笛のような音が聞こえるようになったのは、ごく最近のことなのです」

——このバスガイドは、いつもの主人公、町田藍ではない。藍がかつて勤めていた大手バス会社のガイドで、バスも〈すずめバス〉に比べると大分立派だ。

「三年前、この一帯を大きな台風が襲いました」

と、ガイド、水上亜紀《みなかみあき》は言った。「そして、この先の谷の一部に崖《がけ》崩れが起きたのです。そこは人が通ったり住んだりしているわけではないので、特に被害はなかったのです。ところが、どんな具合か、それ以来、風が谷を抜けると、こういう笛の鳴るような音が聞こえるようになったのでございます」

「すると、またいつ聞こえなくなるかもしれないわけだな」

と、客の一人が言った。

「おっしゃる通りです。今日はぜひ、しっかり聞いて行って下さいね」

と、水上亜紀は言って、「では岬の突端の方へとご案内しましょう」

と、先に立って歩き出した。

「音じゃ、カメラに映らないわね」

と、女性客が言っている。

ゾロゾロと歩き出す客たちの中で、一人、少し遅れている男がいた。

「下らん。何が〈笛の谷〉だ！」

と、口に出して文句を言っている。「何でも名前をつけりゃ、金が取れる、というわけか！」

野《の》辺《べ》山《やま》順《じゅん》は、一人でこのバスツアーに参加していた。実のところ、野辺山は急に用事で行けなくなった妻の代りにここへ来ていたのである。

中小企業の社長である野辺山は、

「もったいない！」

というのが口ぐせ。

このツアーも、料金を払い込んだのに、妻が行かないというのを聞いて、

「もったいない！　それなら俺が行く！」

と、つい言ってしまったのだった。

しかし——何ごとにも不平不満の多い野辺山のこと。

「全く……。弁当はまずいし、座席はクッションが悪いし……。これで六千円は高い」

と、ブツブツ言いながら歩いていた。

ピーッという〈笛〉の音が、一段と高くなった。そして——突然その音に混って、女の甲高い笑い声が聞こえて来たのである。

野辺山が思わず足を止めて振り返ったのは、その女の笑い声が、いつも聞き慣れている声だったからで……。それは妻の典子《のりこ》の笑い声とそっくりだったのである。

「何だ……」

もちろん、妻の声がこんな所で聞こえるわけはない。

「気のせいか……」

その〈笛〉の音が、たまたま女の笑い声のように聞こえたのだろう。——野辺山はまた歩き始めた。

すると――〈笛〉の音から、はっきりとした言葉が聞こえて来たのである。

「心配いらないわよ」

あれは典子の声だ！　野辺山は周囲を見回して、

「何だと？」

「典子！　どこにいるんだ！」

と、怒鳴った。

「あの人は、今日一日バスに乗ってるわ」

と、典子の声は続けて、「ケチだから、私が急な約束で行けない、って言えば、きっと『もったいない！　俺が行く！』って言うに違いないと思ったの。狙《ねら》い通りだったわ」

と、典子が笑う。

あいつ！　誰と話してるんだ？

「だから、ゆっくりして行って。二人きりで半日はいられるわ」

典子の奴《やつ》……。男を連れ込んでるのか！　そのために俺を――。

野辺山順は六十二歳だが、妻の典子は四十一歳。初めの妻を亡くして、二人目の妻である。

「ねえ、この間、約束してくれたこと、本当でしょうね。奥さんと別れてくれる、って。

そうしてくれりゃ、私だって野辺山なんか未練がないわ。ね、石沢《いしざわ》さん。はっきり言ってちょうだい……」

石沢？　石沢だって？

長いこと、野辺山の会社と付合いがある下請け会社の部長の名だ。

あいつが？　石沢と典子の奴が……。

すると今度は、何人かの話し声が聞こえて来た。

「社長に向って言えないだろ？　『大丈夫ですか？』とはな」

あの声は――専務の北村《きたむら》だ。

「でも、本当、困っちゃうんですよ。昨日だって、酔って帰って来て、タクシー代を払っとけ、とか言われて。だけど、立て替えたからって、すぐ忘れちゃうから、払って下さいって言えないいんだよな」

「そうそう。前の日言ったこと、コロッと忘れてるのよね」

「そんなの年中だぜ。俺なんか、『プランはまだか！』って言われて、同じもん、四回も出したことがあるよ」

「もう年齢《とし》ったって、まだ少し早いよな」

「六十二だ。まだ六十……一？」

「でもさ、銀行の人なんかの前で、おかしなこと言い出したら、それこそ大変よ」

「全くだ。銀行に融資を引き上げられたりしたら、アッという間に倒産だからな」

「分ってるのかな、社長は」

「自分じゃ、ボケて来たなんて認めやしないさ。本当に危いってことになったら、自分の身を守らないとな」

「ああ……。でも、いいね。社長が一日いないってのは！　時々バスツアーに出かけてくれないかな」

笑い声が上る。

野辺山は愕然《がくぜん》として、立ちすくんでいた。

今話していた社員たちの声は、一人一人、ちゃんと聞き分けることができる。しかし幻聴というには、あまりにはっきりした内容の会話である。むろん、理屈では説明できない。しかし、それが野辺山の留守にした自宅と会社で交わされているに違いないということは、信じないわけにいかなかった……。

——どういうことだ？

俺を馬鹿にしやがって！

もうボケて来た、だと？　二人きりで半日はいられる？

頭に血が上って、野辺山はほとんど無意識に、バスの方へと駆け戻っていた。

バスから外へ出て、タバコを喫《す》っていたドライバーがびっくりして、

「お客さん、どうかしましたか?」

と、あわててタバコを投げ捨てた。

「家までやってくれ!」

と、野辺山は怒鳴った。

「はあ?」

「至急、家へ帰らなきゃならん! すぐバスを出せ!」

「待って下さい」

と、ドライバーはあわてて、「他のお客さんが大勢おられるんです! お一人だけお送りするわけには——」

「いくらでも出す!」

「いや、そういう話じゃないんです」

「じゃ、キーをよこせ! 俺が自分で運転する!」

「とんでもない! 無茶言わないで下さい」

「もう頼まん!」

と、野辺山は怒鳴ると、「タクシーはどこで拾える?」

「そりゃあ……。さっき通って来た国道へ出れば——」

「分った!」

野辺山は大股に歩き去った。

少しして、バスの方へ水上亜紀が走って来た。

「お客さん、一人見なかった？」

「ああ、とんでもなく興奮してたぜ」

ドライバーの話を聞いて、亜紀は、

「どうしたのかしら？　でも、無事だったのね。良かった。もしかして途中、崖から海へ落ちたのかと思って、気が気じゃなかった」

「でも、どうかしてるぜ、あのおっさん」

ドライバーの言葉に、亜紀は肩をすくめて、

「色んな人がいるわね、世の中は。で、本当に帰っちゃったの？」

「たぶんな。放っとけよ、子供じゃないんだ」

「そうね……」

少し気がかりではあったが、亜紀は、「じゃ、お客さんたち待たせてるから、戻るわ」と言って、小走りに岬へと向った。

もちろん「色んな人」がいる。亜紀も、これがそれほどたいしたことだとは思わなかったのである……。

2　仲間

　営業所へ戻るバスの中で、町田藍は珍しく居眠りしていた。

　赤信号でバスが停ると、ハッと目が覚めて、

「ああ……。もう着いた？」

「あと五分」

と、ドライバーの君原が言った。「相当くたびれてるな」

「当り前よ。もう二度とこんなツアー、やらないでほしいわ！」

と、藍は憤然として言った。

「やっぱり〈幽霊ツアー〉の方がま
しかい？」

と、君原は言ってニヤリと笑った。

　――今、町田藍が乗っているバスは〈すずめバス〉の営業所へ向っている。営業所といっても、そこが唯一で、本社も兼ねている。

　足が棒だった。物好きに参加した客も、最後には、

「もうバスの中にいるよ」

と、ほとんど降りなかった。

それでも、客が一人でも降りれば、藍もついて行かないわけにいかず……。

「今度このツアーをやるんだったら、社長に参加させる！」

と、藍は言った。

普通の名所巡りでは大手に勝てない、というので、社長の筒見が考え出したアイデアツアーが、〈都内坂道めぐり〉。

確かに、東京は坂の多い所で、あちこちに色々由緒のある坂もあって、それはそれで面白いのだが、このツアーの「売り」は、〈自分の足で、すべての坂を上る！〉ということ。

かくて、全部に付合った藍は、「足が棒」というわけだった……。

「――着いたぞ」

と、君原が言った。「洗車は明日にしたら？」

「そうはいかないわよ。明日になったら、泥を落とすのが倍も大変になる」

「ご苦労さん。手伝おうか？」

「大丈夫。一人でやれるわ」

もう辺りは真暗で、本社に明りは点《つ》いていたが……。

「――お疲れ」

「ご苦労さま」

藍は伸びをして、こった肩を手でもんだ。

と――後ろから肩をギュッともむ手。

「あら……」

「やあ」

と、水上亜紀が言った。

「亜紀！　久しぶりね！」

「大変そうね」

「弱小バスだもんでね」

と、藍は苦笑して、「どうしたの？」

かつての同僚は、私服で、

「うん、ちょっと話があって……。手伝おうか、洗車？」

「いいわよ。中に入って座ってて」

「手伝うわよ。慣れてるもの」

「じゃ、頼むか。本当はへとへとなの」

と、藍は言って、亜紀の肩に手をかけた……。

「停職？」

二人で夕食をとりながら、藍はびっくりして言った。「亜紀が停職って、どういうこと？」

「それも三か月。――お給料出ないのよ。痛いわ」

と、亜紀がため息をつく。

「何があったの？　亜紀がそんな失敗するわけないものね」

「ありがとう」

と、亜紀が微笑《ほほえ》んで、「憶えてない？〈笛の谷〉のツアー客の一人が、自宅で奥さんと恋人が寝ているところへ踏み込み、二人に包丁で切りつけ、大けがを負わせた事件」

「うん、ニュースで見た」

と、藍は肯《うなず》いて、「じゃ、あなたのツアーだったの？」

「そうなの」

「でも、どうしてあなたが……」

「社としては、『世間をお騒がせした』という、どうにでもなる理由で、バスガイド一人を処分しとけば、ってわけね」

「ひどい話ね」

「それでね……。ニュースじゃ詳しく触れてなかったけど、妙なことがあったのよ」

「妙なこと？」

「それで、あなたに相談したくって」

——亜紀の話を聞いて、

「じゃ、その野辺山って人は、〈笛の谷〉で奥さんの声を聞いたっていうのね？」

「うん。——それと社員が自分の悪口を言ってるのも」

「本当にそう話してたの？」

「そうらしい。社員の人たちは『知らない』って言ってるみたいだけど、奥さんは認めてる」

「じゃ、本当に……」

「ね、そんなことってある？　ずっと遠くの会話が風に混って聞こえるなんて」

藍は考え込んで、

「たぶん、心理学者なら、そのご亭主の心の底に、妻の不貞を疑う気持があって、そういう声が聞こえたような気がしたんだ、って言うでしょうね」

と言った。

「でも話の中身まで同じってことが？」

「内容は、大方想像つきそうなことじゃない。もちろん、その意見が正しいか、分らないけどね」

「藍は、そっちの方の専門家でしょ？」

「やめてよ。何か霊的な力があった、って言うの？」

「もしそうだったら？」

「さあ……」

藍は首を振って、「〈笛の谷〉は、私も行ったことあるけど、特別な感じは受けなかったわ」

「でも、もし本当に人の悪口とかが聞こえるとしたら——」

「また、誰かが同じようなことをやるかも、ってことね？」

「それが心配なの。あの後も、〈笛の谷〉には毎日ツアーが出てるし」

藍は夕食を食べ終えて、

「コーヒー、お願いします」

と頼んだ。「——私にどうしろって言うの？」

「一度あそこへ行ってみて。何かあるのかどうか、知りたい」

「うちはあそこへのツアー、やってない」

「一日付合って。ね？」

かつての仲間に頼まれると、藍もいやとは言えず、

「じゃあ……一緒に行くけど、それだけよ」

「ありがとう！」

亜紀は藍の手をギュッと握った。

「ちょっと、亜紀！　痛いよ」

と、藍は顔をしかめた。

「ごめん！　でも良かった、引き受けてくれて」

「でも、私に何ができるか……」

「きっと藍なら解決してくれる！」

「あのね……」

「あ、来た」

亜紀が店の入口の方へ手を振った。

見れば、爽やかな印象の青年がスーツにネクタイというスタイルで、

「――やあ、遅れてごめん」

と、亜紀の方へやって来た。

「いいの。――ね、これが話してた、町田藍さん」

「ああ、どうも。僕は〈Hバス〉の営業にいる宮原《みやはら》です」

「この人、私の婚約者なの」

と、亜紀はニッコリ笑って、藍はため息をつきながら、

「よろしく」

と、会釈したのだった……。

「ここか」

と、タクシーを降りると、宮原が言った。

「本当だ。笛が鳴ってるみたいだな」

「何よ、あなた、初めてなの？」

と、水上亜紀は言った。「うちが毎日ツアー出してるのに」

「僕は営業だぜ」

「一度も行ったことないのに売り込んでるの？」

「全部行ってたら、営業に回る時間がなくなるよ」

「それはそうね」

と、藍は言った。「うちと違って、〈Hバス〉はコースの数が多いから」

休みの日、藍はかつての同僚に付合って、〈笛の谷〉へやって来た。

「今日もたぶんここへ一台来るはずよ」

「何時ごろ来るの？」

「たぶん……もうじきね」

と、亜紀は腕時計を見て、「途中で遅れてなければ」

「毎日、妙な話し声が聞こえるわけじゃないでしょうけどね」

「だったら大変だわ」

三人はブラブラと、その岬の方へと歩いて行った。

「——ね、藍、結婚式に出てね」

と、亜紀は言った。

「もちろん！　予定が決ったら教えて」

「何かしゃべってね」

「私が？　名所案内でもやるか」

と、藍は笑った。

「何でもいいけど、幽霊の話は避けてくれる？」

「当り前よ。私だって、好きで出会っちゃいないわ」

「でも、他の人にはない特技だものね。それはそれで、藍の売りになってるんでしょ？」

「というか、社長がやたら行かせたがるのよ」

「〈すずめバス〉のドル箱だって聞いたわよ。——あら、宮原さん、何してるの？」

気が付くと宮原が足を止めて、ぼんやりと辺りを見回している。

「宮原さん！」

と、亜紀がくり返して呼ぶと、宮原はやっと気付いた様子で、

「いや、ごめん！　ちょっと——考えごとしてて」

と、追いついて来る。

「私のことを考えてたのなら許す！」

と、亜紀は言った。「——ああ、あのバスだわ」

藍も振り返った。町中でもよく見る〈Hバス〉の明るい黄色の車体が遠くに見える。

「平日だから、人は少ないわね」

と、藍は岬の方へとまた歩き出しながら言った。

「一人でこういう場所に来るのは面倒だから、バスに乗る、って人もいるの。だから、これからは、定年を迎えて、暇になった人が狙い目ね」

そのとき、宮原が急に、

「ワッ！」

と、声を上げた。

「どうしたの？」

と、亜紀がびっくりして訊《き》くと、

「今……何か話し声が聞こえなかった？」

「さあ、別に」

「そうか。いや——空耳だろう」

「大丈夫？　顔が真青《まつさお》よ」

「何でもない。本当に何でも……」

言葉とは裏腹に、宮原はあわてていた。キョロキョロと周囲を見回し、

「何も——聞こえないよな。そうだろ？」

亜紀が愕然《がくぜん》として、

「宮原さん！　声が聞こえるのね？」

「いや、違う！　そんなこと、あるわけないだろ」

「でも——」

「やめてくれ！」

と、宮原は突然叫ぶと、両手で耳をふさいで、「今さら——そんなこと、言わないでくれ！」

「宮原さん！　何を聞いてるの？」

しかし、宮原は亜紀の声など耳に入っていない様子で、

「畜生！　何だっていうんだ！」

と怒鳴ると、いきなり二人に背を向けて駆け出して行った。

「宮原さん！」

亜紀と藍は顔を見合せた。

「何か聞こえる？」

と、亜紀が言った。

「いいえ。――でも、止めないと」

「ええ」

藍たちは、宮原を追って走り出した。

バスがやって来る。その方向へと宮原は走っていた。そして――。

「宮原さん！」

亜紀が息を呑《の》んだ。

宮原はバスの前に飛び出したのだ。亜紀の悲鳴と、バスの急ブレーキの音が重なって聞こえた。

3　過去の影

てっきり廃業しているのだと思った。

ともかく人の気配がなくて、建物も、ちょっと大きな地震が来たらペシャンコになりそうだ。

町工場といっても、看板の文字はすっかり消えてしまっているので、藍は住所を頼りにそこを捜し当てたのだった。

工場の建物は、赤さびだらけで、正面の扉は半ば開いていた。

「――失礼します」

と、藍は中を覗《のぞ》いて、声をかけた。「誰かいますか?」

ガランとした工場内は、ひっそりと静まり返っていた。機械らしい物はいくつかあったが、動いていないようだ。

すると――。

「何かご用ですか?」

と、後ろで女性の声がした。

振り向くと、古ぼけた事務服をはおった女性が立っている。

「あの……こちらの方?」

「〈栗原工機《くりはらこうき》〉はここです」

と、その女性は言った。「ただ、今はほとんど仕事がなくて、隣の家で細々とやってます」

「そうですか。――栗原さんですか?」

「栗原あけみです。あなたは……」

「町田藍と申します」

と、名刺を渡す。「実は由布《ゆう》さんのことでお話が」

「由布のことで？　妹は亡くなりましたが」

「存じています」

栗原あけみは藍をしばらく見ていたが、

「――どうぞ、こちらへ」

案内されたのは、工場の脇の平屋の家で、庭に屋根を付けて、そこで仕事をしているらしかった。

「今、仕事をなさってるのは――」

「父一人です。栗原太一《たいち》といいます。何か大きい仕事が入れば、アルバイトを雇いますが、ほとんどそんなことはないので」

家の座敷に上げてもらって、

「――宮原悠一《ゆういち》という人、ご存じでしょうか？」

お茶を出されて、一口飲んで藍は言った。

「ええ」

あけみの表情が曇った。「由布の婚約者だった人です」

「先日、バスにはねられて、大けがをしまして、今入院中です」

「そうですか。——あまり同情はしませんけど」

「何か事情がおありのようですね」

「あなたはどういう……」

藍は、友人、水上亜紀と宮原のことを話して、

「重傷を負った宮原さんが、うわごとのように、『ゆう、どうしてだ……』とくり返したんです。友人は、社内の噂《うわさ》で、宮原さんが以前付合っていた女性が自分で命を絶ったと聞いていて……」

「妹の由布のことです」

「では事実だったんですね」

「由布は短大を出て、小さな旅行会社に入りました。そこで、〈Hバス〉の宮原と知り合ったんです」

あけみはため息をついて、「付合い始めたころは、由布はそれは幸せそうでした」

「宮原さんと会われたことは？」

「あります。この家へ連れて来て。——こんなみすぼらしい家なので、由布は恥ずかしがっていましたが、宮原はそつのない愛想のいい人でした」

「由布さんはなぜ自殺を？」

「はっきりしたことは分りません。ただ、宮原との付合いで悩んでいたのは確かです」

「何かあけみさんに話をされたことは？」

「訊いても、言ってくれませんでした」

と、あけみは言った。「そして、ある日、この裏手の作業場で、由布は首を吊《つ》って……」

あけみがハンカチを取り出して涙を拭う。

「そうでしたか」

と、藍は肯いて、「何か遺書のようなものは？」

「ありませんでした」

藍は少し迷っていたが、

「実は——ちょっと妙な話ですが」

と、〈笛の谷〉での出来事を話した。

「——じゃ、宮原が由布の声を聞いた、と？」

「おそらく」

「でも——そんなこと、あるんですか？」

「分りません」

と、藍は首を振った。「いかがでしょう？　ご一緒に〈笛の谷〉へ行っていただけませんか」

「私が、ですか」

「肉親のあけみさんには何か聞こえるかもしれません」

「そんなこと……」

「もちろん、可能性がある、というだけですが」

少し考えてから、あけみは、

「分りました」

と言った。「もし、本当に由布の声が聞けるなら……」

そこへ、

「おい、あけみ！」

と、声がした。

「父です。今の話、内緒に」

「分りました」

白髪の、よく日焼けした男が顔を出し、

「誰だ？」

「町田さん。――由布のお友だちで」

「由布か……。可哀《かわい》そうな奴だった」

と、栗原太一は肩をすくめ、「死んだ人間は帰って来ない」

「ええ、確かに」

と、藍は言った。「いかがでしょう。もしお時間がおありでしたら、当社のバスツアーにおいでになりませんか」

「何だ、それは？」

あけみもびっくりして、藍の取り出したチラシを眺めている。

「『〈笛の谷〉で、あなたの懐しい人の声を聞こう！』って……。こんなツアーが？」

「ええ、わが〈すずめバス〉のスペシャル企画なんです」

と、藍は言った……。

4　告白

「今日は昼間から出るの？」

と、バスの中で、一番前の席に座った遠藤真由美が訊く。

「保証の限りじゃありません」

と、藍は言った。

「でも、藍さんがついてるんだもの！　きっと出てくれる」

幽霊大好きな、ちょっと変った女子高校生である。この手のツアーの常連なのだ。

むろん、他にも、いつも〈すずめバス〉の〈幽霊と会うツアー〉に参加しているマニアたちが一緒だ。

「〈笛の谷〉の話、知ってるよ」

と、一人が言い出す。

「そうそう。風にのって、遠い人の声が聞こえてくるんだって」

さすがに、その手の情報には詳しい。

「――間もなく〈笛の谷〉です」

と、藍は言った。「もし、何か聞こえたら、みなさんで教え合って下さい。どんなにショックなことでも、一人で抱え込むと危険ですから」

バスの中程の席に並んで座っているのが栗原太一とあけみだった。

「下らん」

と、栗原は顔をしかめる。

「でも、いいじゃないの。万に一つでも、由布の声が聞けたら」

「何か聞こえたら、よろしく言ってやれ」

「お父さんたら……」

バスがカーブを切る。

「――〈笛の谷〉です」

と、藍は言った。

風は鳴っていた。

「——何も聞こえんぞ」

と、栗原が言って肩をすくめる。

一行は、岬への道を辿《たど》っていた。

「でも、人の心って、ふしぎなことを起すものだわ」

と、あけみは言って、「——ね、今、何か聞こえなかった?」

と、足を止めた。

「俺は聞こえんぞ」

「待って……。何か声が……」

藍は一行を止めて、

「あけみさん——」

「確かに妹らしい声が……」

「よく聞いて下さい」

そのとき、みんなの耳に、その声が届いた。

「お姉ちゃん……」

風にのって、その声は聞こえていた。

「由布！　由布なの？」

「ごめんなさいね……。私……辛《つら》かった……」

「由布……。でも、どうしてあんなことをしたの？」

「宮原さんに……」

「宮原のせいなの？」

「そうじゃない！　そうじゃないの」

と、声は言った。「私……板挟みになって……」

「板挟み？」

「私にははっきり言えなかった……。この間宮原さんがここへ来たとき」

「あんたの話を聞いて、宮原が――」

「聞きたくなかったのよ、あの人は。――せっかく忘れていたことを」

「忘れていた？」

「お姉ちゃん……。私は……言っちゃいけないことなんだろうけど……」

「由布！　話してみて！」

「うん……」

と、口ごもりつつ、「私はずっと小さいころから……お父さんに……」

あけみが息を呑んだ。

「お父さんに？」

「――やめろ！」

と、栗原太一が叫んだ。「やめてくれ！」

「お父さん。――じゃ、お父さんは本当に？」

あけみが父の腕をつかむ。

「俺は……寂しかったんだ。母さんが死んで……。由布は母さんとよく似ていた」

「そんな……。じゃ、由布はお父さんとのことで、悩んで死んだの？」

「知らん。――俺は知らん！」

栗原は、あけみの手を振り切って、バスの方へと駆け戻って行った。

「お父さん！」

あけみが父を追って行く。

アッという声が、他の客から起った。

栗原太一は足がもつれて、道をそれてしまったと思うと――まるで見えない手に引きずられるように、柵を越えて、崖から姿を消してしまったのだ。

「お父さん……」

あけみが息を弾ませた。

「お姉ちゃん」

と、声が言った。「お姉ちゃんは幸せになってね……」

「由布……」

声が消えて行った。


「ご迷惑かけて」

と、藍は客たちに詫《わ》びた。「警察に話をしますので、皆様、バスで先にお帰り下さい」

客の一人が崖から落ちたのだ。やはり大事件なのである。

「――町田さん」

と、あけみがそっと言った。「ありがとう」

「私にどうして……」

「だって……。私は、薄々気付いていましたから、お話しした通り。ここで妹の声を聞かせたら、父が白状してくれるかと……。あれは町田さんが誰かの声を聞かせて下さったんでしょ？」

「あけみさん。私、確かにお父様と由布さんのことを伺って、ここではっきりさせられたら、と思いました。でも、あの声は私が仕掛けたものじゃありません」

「え？　それじゃ――」

「私がいたせいでしょう。霊が出やすくなったのは」

「じゃ、あれは本当に由布の声？」

あけみは空を見上げて、「もっともっと話すんだったわ！」

「幸せを願っててらしたでしょ。そうすれば、またいずれ、ここでお話しできるかも」

「そう……。そうですね」

「私の友人も、宮原さんに責任がなかったと分って、喜ぶでしょう」

「そうでした……。宮原さんに謝らなくちゃ」

あけみが涙を拭う。

風がさらに大きく鳴って、その笛の音に混って、

「お姉ちゃん、元気でね」

という声が、かすかに聞こえたようだった……。

ファンファーレは高らかに

1　ラストスパート

ともかくコンディションは最悪だった。

四月とはとても思えない、肌寒い日。しかも前夜からの雨は一向に止《や》む気配がなかった。

〈全国大学マラソン大会〉は、とても記録など狙える状況ではなかった。

スタート地点で、かつ四十二・一九五キロのゴールでもあるグラウンドも、降りしきる雨で白く煙っていた。

「――凍え死ぬ」

と、遠藤真由美は言った。

「オーバーね。死ぬもんですか」

と、隣の佐原《さはら》純子《じゅんこ》が言い返したが、その当人も真青《まつさお》になってガタガタ震えている。

「純子、唇が紫色だよ」

と、真由美は言った。

「仕方ないでしょ！　——寒いんだから」

高校二年生の二人、今日はマラソン大会の応援に来ていたのだが……。

「まだ誰も入って来ない」

「分ってる」

「今、どの辺？」

佐原純子は手にしたケータイでTV中継を見ると、

「あと……一キロだ」

「トップは？」

「S大の寺田《てらだ》。——強いのよね、いつも」

と、純子がため息をつく。

「純子の彼は？」

「ちゃんと、橋口照夫《はしぐちてるお》って名前がある！」

と、むきになって、「今……二位だ。頑張ってるよ」

大学三年生の橋口は、純子のボーイフレンドである。真由美は誘われて応援にやって来たのだが……。

このグラウンドの観覧席にいると、スタートとゴールは見られても、その間の何時間かは何もすることがない、ということに、真由美はやって来てから気付いたのである。

加えてこの寒さと雨。――観覧席には、数えるほどしか人がいなかった。それも、屋根のある、ごく狭い場所に固まっている。

こんなことなら……。スタートを見てから、映画館にでも行って時間を潰し、ゴールのころに戻って来れば良かった、と真由美は思ったが、やはり彼氏が走っている純子はそういうわけにいかないようで、

「この雨の中、走ってるのよ、彼は！　私も同じ辛《つら》さを感じてなきゃ」

と言ったが、「屋根はあった方がいいけどね」

空っぽだったグラウンドに、パラパラと人が出て来た。

「そろそろゴールだっていうんで出て来たのね」

と、真由美が言った。

「ふざけてるわ！　ランナーはみんな必死で雨の中を走ってるのに」

と、純子は腹を立てている。

「あーあ、こんなに離されてちゃ……」

と、純子はため息をついた。

そのとき、グラウンドにトップのランナーが入って来た。観覧席からパラパラと拍手が起る。

「何ていったっけ？」

「S大の寺田」

と、純子は悔しそうに言った。「彼が、何とか大学の間に一度勝ちたいって言ってたんだけど……。寺田はもう四年生だからね。今年でこの大会は終り」

もちろん雨でびしょ濡《ぬ》れになってはいるが、寺田は淡々とした様子で走っていた。

「ゴールは？」

「この中を二周するの。それでゴール」

さすがに純子は詳しい。

「彼は——橋口さんだっけ？　まだ？」

「もう少し。でも、もうとっても……」

寺田がグラウンドを一周、最後の一周に入ったとき、次のランナーが入って来た。

「来た！　橋口さん！」

純子はとたんに座席から飛び上りそうになって、思い切り両手を振った。

しかし、丸々一周遅れているのだから、どう頑張っても追いつけるわけはない。それに、寺田と比べても橋口は疲れ切っている感じで、純子の甲高い声も全く耳に入っていないようだった。

「しっかり！」

と、純子が叫んだ。

三人目、四人目のランナーが、グラウンドへ入って来たのだ。橋口は明らかに力尽きていて、続く二人に抜かれてしまいそうだった。

「橋口さん！　あと一息！　抜かれないで！」

純子の叫びには悲壮感が漂っていた。

そのときだった。グラウンドの中に、高らかにファンファーレが鳴り渡ったのである。

「――どこで鳴ってるの？」

と、真由美は見回した。

鮮やかなファンファーレは、グラウンドの中に反響して、長く尾を引いた。

「どこかでＣＤかけてるのね、きっと」

と、真由美は言ったが、「――純子！」

「言わないで！」

純子は両手で顔を覆っていた。「抜かれちゃったんでしょ？」

「違うよ！　ほら、見て！」

真由美は純子の肩を叩《たた》いて言った。

顔を上げた純子は、目を見開いて、

「うそでしょ」

――橋口が猛然とラストスパートをかけたのだ。

いや、それは「ラストスパート」などというものではなかった。まるで百メートル走のような、凄《すご》いスピードだったのである。

橋口は、あれよあれよという間にグラウンドを一周。最後の一周を、少しもスピードを落とすことなく駆けて行った。

寺田はゴールまであと百メートルくらいの所まで来ていたが、橋口の速さに愕然《がくぜん》とした様子で、あわてて速度を上げた。

しかし、橋口の足は止らなかった。——見る見る寺田との差を縮める。

「橋口さん！　頑張れ！」

純子はピョンピョン飛び上って叫んでいた。

しかし真由美は、

「あれ、普通じゃないよ……」

と呟《つぶや》いた。

「やった！　抜いた！」

純子は両手を突き上げた。

ゴール前、十メートルほどで、ついに橋口は寺田を抜いたのである。そしてテープを切る。

「万歳！」

と、純子は叫んだ。

ゴールした橋口は、数メートル行って立ち止った。コーチらしい男性がタオルを手に駆け寄る。

しかし、その前に橋口はバタッと倒れてしまった……。


〈選手控室〉という貼紙があった。

「——あの」

と、純子は係の人を呼んで、「橋口さんに会えます？」

「あんたは？」

「私——橋口さんの彼女です！」

と、誇らしげに純子は言った。

「ちょっと待って」

少しして、出て来たのはトレーナー姿の、さっき橋口に駆け寄ろうとした男性だった。

「あ、コーチの大前《おおまえ》さんですね」

「君か……」

「凄かったですね、橋口さん！　大丈夫ですか？」

大前というコーチは、目を伏せて、

「いや……。実は……」

と、口ごもった。

「え？」

そこへ、救急車のサイレンが聞こえて来る。

「あの——まさか橋口さんが？」

「橋口は……死んだよ」

と、大前は言った。

「純子！」

真由美は純子の腕をつかんだ。

「そんな……。死んだ？」

純子は笑って、「いやだ！　冗談言わないで！　あんなに丈夫な人が……」

「もう手の施《ほどこ》しようがない」

「でも……」

「残念だよ」

純子がよろける。真由美はあわてて純子を抱きしめた。

「純子！　しっかりして！」

「真由美……。これって夢だよね……」

と、純子がうつろな目で言った。

そこへ、救急隊員が、

「どこですか？」

と、足早にやって来た。

純子を抱きかかえるようにして、真由美は傍《かたわら》へよけた。

「――あのファンファーレ」

と、真由美はコーチの方へ、「あれ、誰が？」

「え？」

コーチの大前は当惑した様子だったが、「――ああ、そういえばファンファーレが聞こえてたな。でも……俺は知らない」

と、首を振った。

「照夫……。照夫が死んじゃった！」

純子はワッと泣き出して、真由美の肩にしがみついた……。

2　幻影

「お疲れさま」

やっと営業所に戻って来た、〈すずめバス〉のバスガイド、町田藍は、ドライバーの君原にそう声をかけるのがやっとだった。

「おい、大丈夫か?」

と、君原が心配そうに、「バス洗うの、明日にしたら?」

藍は首を振って、

「明日になったら、落ちなくなる。大丈夫。少し休んだらやるわ」

と、帽子を脱いで息をつく。

「手伝おうか」

「いいえ。あなたはドライバー。バスを洗うのはバスガイドの仕事よ。もう帰って」

「うん……。じゃ、また明日」

「ええ」

「こんな時、君と仲のいい幽霊たちがワッと出て来て、手伝ってくれりゃいいのに」

「社長が喜ぶようなこと、言わないで」

と、藍は苦笑した。

町田藍は二十八歳。大手の〈はと〉から、リストラされてこの〈すずめバス〉へやって来た。営業所といっても、本社と兼ねたここ一か所。

わずかバス二台の会社だが、ここはここで家庭的な雰囲気があり、藍は気に入っていた。

ただ、社長の筒見が、「大手にない、ユニークな企画で勝負する！」というので、時々とんでもないツアーを考える。

今日もその一つで、〈深夜に巡る！　ホラー映画ロケ地の恐怖！〉という、わけの分らないツアー。

どこでロケしたか、なんて訊《き》いたって教えちゃくれないし、分ったとしても、許可も取らずに行っているので、たいていは追い出されてしまう。

今は午前一時。やっと帰りついたものの、バスの車体を洗わなければ一日の仕事は終らない。

「少し休もう……」

と呟いて、藍は営業所の建物に入った。

「幽霊か……」

人並外れて霊感の強い藍は、しばしば実在する（？）本物の幽霊と出会うことがあり、社長の筒見は、またそれを利用して客を集めようとする。

暗い営業所へ入ると、古ぼけたソファにドタッと倒れ込む。

「ああ……。くたびれた！」

と、つい文句が出る。「その内、こっちが過労で死んで幽霊になりそうだ」

大欠伸《おおあくび》していると、

「――今晩は」

と、声がして、

「キャッ！」

と、藍は飛び上りそうになった。

「ごめんなさい！」

明りが点《つ》くと、遠藤真由美が立っている。

「真由美ちゃん！　ああ、びっくりした！」

藍は胸を押えて喘《あえ》いだ。

「驚かすつもりじゃなかったのよ」

「どうして――真暗な中で？　明り点けときゃいいのに」

「電気代がもったいないかな、って。いつもここの社長さんが言ってるじゃない。まめに明りを消せって」

「まあね……」

藍は息をついて、「こんな時間に、どうしたの？　家出？」

「違うわよ。うちは私が夜中に出歩いても、『町田さんと会うの』って言えば安心してる」

「そんなに信用あるの、私？」

「だから、男ができたら藍さんを口実にするの」

「共犯者にしないで」

藍は冷蔵庫を開けて、ウーロン茶を出すと、コップに入れて一気に飲んだ。

「ああ……。長い一日だった！」

「お疲れさま。幽霊の出るツアーじゃないんでしょ」

「いっそ出てくれた方が楽だったわ。でも、真由美ちゃん、何の用で？」

十七歳の高校二年生、遠藤真由美は、藍の〈幽霊と会うツアー〉の常連で、幽霊が大好きという変った少女である。

「もしかすると、藍さんの専門分野かもしれない」

「それって……幽霊？」

「ファンファーレなの」

「ファンファーレ？」

「誰も鳴らさなかった、ファンファーレ」

藍はわけが分らなくて、

「話は聞くけど、先にバスを洗わせて」

「手伝うわ！　聞いてもらうお礼」

藍も、このありがたい申し出は断らないことにした……。

「いいね！　夜中のラーメン！」

と、真由美は言った。

仕事で夕食を抜いていた藍は、バスを洗ってから、真由美と一緒に二十四時間営業のファミレスに入って、定食を食べていた。真由美は「付合って」ラーメン。

「――二十一歳でね」

と、藍は真由美の話を聞いて、「よっぽど無理をしたのね」

「そこが妙なの」

と、真由美は言った。「あのラストスパートは普通じゃない。どんなに頑張っても、四十キロ以上走って来た人には不可能よ」

「でも――もう葬儀も終ったんでしょ？」

「うん。私の友だちはまだ落ち込んでて、立ち直れないけどね」

「真由美ちゃんの意見では、そのファンファーレが怪しいってことね？」

「私、あの二、三日後に大会の設営をやった人とか事務の人を訪ねて、話を聞いたの」

「それで？」

「雨で寒かったし、グラウンドへ出てない人も多かったの。先頭の何人かが入って来て、やっと出て来るってところだったらしい」

「じゃ、ファンファーレを聞いた人は――」

「やっと見付けた」

と、真由美は言った。「寺田始《はじめ》さん」

「それって……」

「死んだ橋口さんに抜かれて二位になった、S大の四年生」

「その人も聞いたのね」

「うん。電話してね、会うことになってるの。藍さん、一緒に来て！」

「え？」

「お願い！　明日の十時にS大で」

「十時って……朝の？」

「うん」

「もう……。しようがないわね」

「ありがとう！　さすが藍さん！」

「お得意さまだものね、真由美ちゃんは」

と、藍は苦笑した。

「でも、変な話でしょ？　誰もあんなファンファーレを鳴らしてないのよ」

「誰かが客席で吹いたとか？」

「あのガラガラのスタンドだもの、いれば必ず気が付く」

「そうか……」

「係の人、誰に訊いても、あんなものをスピーカーで流すなんてこと、誰もしていないの」

「それを聞いて、橋口って人は凄いスピードで走って死んだ……」

「そうなの」

藍としても、真由美の話に興味を持っていた。幽霊と係《かかわ》りがあるかどうかはともかく、真由美がそれほどはっきり聞いたというのだから、幻聴ではないだろう……。

「ああ、生き返った！」

と、藍は定食をきれいに平らげて、「明日、どこへ行けばいいの？」

と訊いた。


「君の友だちが橋口の……。そうか」

と、寺田始は肯《うなず》いた。「気の毒なことをしたね」

「すみません、お忙しいのに」

と、真由美は言った。

「いや、大丈夫。まだ四年生になったばかりだからね、講義もそう多くない」

大学生にしては落ちついている。

Ｓ大のキャンパス内にある休憩室で、寺田は藍と真由美に紙コップのコーヒーを持って来てくれると、

「真由美君といったっけ？　君に訊かれるまで、あのことは忘れていたよ」

と、腰をおろして、「確かに、あのとき、ファンファーレが鳴ったね。大して気にもとめなかったけど」

「それを聞いて、橋口さんが凄い勢いで走り出したんです」

「うん。あれは凄かった。ちょっと常識じゃ考えられないスピードだったよ」

「ランナーとして、不自然だと思われましたか？」

と、藍は訊いた。

「まあね。――しかし、人間、時にはとんでもないことをやってのけますからね」

と、寺田は言った。「それに、あの場で走っていると、他の選手がどれくらいのスピードで走っているか、よく分らないんですよ」

そう言ってから、

「ああ、ちょうど良かった」

と、寺田は休憩室へ入って来た女性に手を振った。

「こちらがお客様?」

　スーツ姿の若い女性は、藍たちを見て言った。

「うん。僕の婚約者で、この大学で働いている阿川弥生《あがわやよい》君です。アメリカに留学しているときに知り合って」

　寺田が留学していて、今二十五歳になっていると聞いて、藍も納得した。

「持って来てくれた?」

「ええ。——これで見られるわ」

　阿川弥生は、バッグからビデオカメラを取り出して、パソコンにつないだ。

「あのとき、弥生はグラウンドへ入って来る僕をビデオで撮っていたんです。それで、橋口の姿も当然映っていた」

　再生された画面を、藍はじっと見つめた。カメラは、グラウンドを一周する寺田をずっと追っていたが、そこへ、橋口が入って来る。

「——この辺からですね」

　と、弥生が言った。「突然、橋口さん、凄い勢いで走り出して……」

　カメラがぶれている。橋口のあまりの速さにびっくりしているのだろう。

「こいつは凄い」

　と、寺田は目をみはって、「百メートル、十一秒くらいだろう。信じられない」

「私もびっくりして、つい橋口さんをカメラで追ってしまったの」

橋口が寺田を抜いてゴール。カメラは二位で入る寺田へズームして、橋口は画面に入っていない。

「これは……。確かにまともじゃない」

と、寺田は言った。「どんなに精神力があっても、あんなに速く走れませんよ」

「阿川さん。このカメラ、音声も入るんですね」

と、藍が訊く。

「ええ、拍手の音とか……」

と、真由美が言った。「ファンファーレが聞こえない」

「入ってない」

「ああ！　――そう言われてみれば」

と、弥生が肯いて、「あのとき、確かに聞こえましたね」

藍は重苦しい気持になって、

「すみませんが、この映像をコピーさせていただけますか」

と言った。「何か映っていないか、よく見たいんです」

「何か、って？」

「弥生、この人、ほら、〈幽霊と話のできるバスガイド〉さんだ」

「まあ……」

弥生は、なぜかじっと藍を見つめていた。

3 グラウンド

あの日とはまるで違う、暖かい日射しがグラウンドに降り注いでいた。

「――この辺に座ってた」

と、真由美は言った。「ランナーはそこから入って、二周して……」

「ゴールは？」

「きっちり二周じゃないから、その向うの方」

「ファンファーレはどっちから聞こえた？」

と、藍は訊いた。

真由美は眉を寄せて考えていたが、

「方向ってなかったような気がする」

と、ゆっくり言った。「この中に響き渡ってたの」

藍もスタンドの座席に座って、ゆっくりと中を見渡した。

「どうしてビデオに入ってなかったんだろう？」

と、真由美が訊く。

「さあ……。でも必ず理由はあるわ」

藍は立ち上ると、「グラウンドへ下りてみましょう」

と、真由美を促した。

そのとき——ミシミシときしむ音が聞こえて、藍は足を止めた。肩にパラパラと何かが当る。

ハッとして見上げると、席の上に突き出ていた屋根が折れて落ちて来る。

「危い！」

藍は真由美を抱きかかえて、座席の下へと転り込んだ。

次の瞬間、屋根の一部が座席の上に落下して来て砕けた。

白い煙が立ちこめて、二人は咳込《せきこ》んだ。

「藍さん！」

「けがは？」

「私……何ともない」

「良かった！」

藍は座席の下から這《は》い出そうとして、痛みを覚えた。

「藍さん！　血が出てる！」

「大したことないわ……」

左足のふくらはぎに、スレートの破片が刺さっていた。痛みをこらえて引き抜く。

「手を貸して……」

やっと立ち上ると、藍は頭上を見上げた。

これは偶然だろうか？

「手当しないと……」

「ええ。肩につかまらせて」

二人は、グラウンドの出口へと歩き出した……。


「困るじゃないか」

と、社長の筒見が渋い顔になって、「うちは余分な人手などないんだぞ」

「分ってます」

と、町田藍は言った。「ちゃんと乗務はします。ただ、少し足を痛めているので、長く歩くツアーはちょっと……」

「藍さんのせいじゃありません」

と、真由美が言った。「あのグラウンドがボロなんですから、あっちへ請求して下さい」

「言ってみたとも」

と、筒見は言った。「しかし、先方は、『たまたま崩れた屋根の下にいたのが悪い』と言ってる」

「ひどいわ、そんな！」

と、真由美は怒った。「社長さんも、少しは社員の体のことを心配してもいいんじゃないですか？」

「心配してるとも。まず給料が払えなくなったら困るだろ？　そのためには、少々のけがで休まれては困るんだ」

「少々じゃありません。屋根の破片が刺さったんですよ！」

「いいのよ、真由美ちゃん。ありがとう」

と、藍はなだめて、「とりあえず、『ファンファーレの謎《なぞ》』はおあずけね」

「何だ、それは？」

と、筒見が言った。

「奇妙な事件なんです」

と、真由美が言った。「それを調べに、私たち、あそこへ行ったんですから」

「話してくれ」

と、筒見は身をのり出した。

真由美が、あの奇妙なファンファーレのことを説明すると、筒見は藍の方へ、

「どうしてもっと早くその話をせんのだ」

「するヒマがなかったじゃありませんか」

と、藍は言い返したが、筒見は無視して、

「そういうことなら、今日は休んでもいい」

「そうはいきません。余分な手はないんでしょう？」

「いや、常田エミの担当のツアーが、参加者ゼロで不成立になったのを、今思い出した」

藍としては怒る気にもなれない。

「じゃ、病院に寄って帰宅させていただきます」

「ああ。大事にしろよ」

と、筒見はガラリと態度を変えて、「その代り、その〈謎のファンファーレ〉をネタにツアーを三つ、考えて来い」

「無茶言うんだから！」

と、真由美が怒っている。

「あれで、結構気をつかってるのよ」

と、藍はなだめるように言った。

外科の病院に寄って、傷の処置をしてもらい、藍と真由美は安上りな定食屋に入った。

「――藍さん」

と、真由美が言った。「あのビデオの映像コピーしたの？」

「うん。でも、ゆっくり見る時間がなくて」

「呪われたビデオとか？」

「まさか」

藍はミソ汁をすすって、「おいしい。――体が暖まるわね」

「焼魚、おいしいよ」

と、真由美は言った。「でも、どうするの？　ツアーのアイデアなんて……」

「あれは社長の口ぐせよ。三つは無理でしょうけど、一つくらいなら」

「藍さん、何か分ってるの？」

「分ってるってわけじゃないわ」

と、藍は言った。「ただ、あのグラウンドで、昔、同じようなことがあったの」

「同じような？」

「マラソンランナーが、最後にラストスパートをかけて倒れ、そのまま亡くなった、ってことがね」

「そんなことがあったの？」

「今から十七、八年前だから、あなたは知らないでしょ。私は何となく記憶の片隅に引っかかってたの」

「そのことと、今度のことが何か関係あるわけ？」

「はっきりは分らない。ただ——そのとき亡くなったランナーの名は、阿川哲士《てつし》」

「阿川……」

「そう。たぶん、寺田さんのフィアンセの父親だと思うわ」

と、藍は肯いたのだった……。

「あら」

阿川弥生は藍が片足を少し引きずるようにして歩いているのを見て、「どうかなさったんですか？」

「あのグラウンドでけがを」

と、藍が話すと、

「ニュースで見ました。じゃ、町田さんが危うく下敷きに？　怖いですね！」

「幸い大したことなくて」

と、藍は言った。

「じゃ、何か飲物を」

あのS大の休憩室である。

弥生が持って来てくれたコーヒーを飲みながら、

「ビデオを見ました」

と、藍は言った。

「何か分ったんですか?」

「ファンファーレは録音されていません。でも、あなたは聞いたんですね?」

「ええ、聞こえました」

「あのとき居合せた人、何人か捜し出して問い合せてみました。誰も聞いた人はいませんでした」

「でも、寺田さんは聞いてます。それに……」

「ええ、遠藤真由美さんも。でも一緒にいた友だちは聞いていません」

「妙ですね」

「もちろん、競技の方に気を取られて、気が付かなかったということもありえます。でも、当日はとても寒かったんでしょう?」

「ええ、雨でしたし……」

「――阿川さん。あのグラウンドで亡くなった阿川哲士さんは、あなたのお父さんですか？」

　弥生はハッとしたように、

「ご存じでしたか」

「きっとそうだろうと……」

「ええ。――父です」

　と、弥生は肯いた。

「やっぱり。――阿川さん。あのグラウンドでの出来事、橋口さんが、常識で考えられないスピードで走ったことについて、何か思い当ることがおありじゃありませんか？」

　藍の言葉を、弥生は否定せずにじっとうつむいていたが……。

「――思い当る、といっても」

　と、やがて口を開いた。「なぜあんなことが起ったのかは分りません。ただ――父のときとそっくりだと思っただけです」

「じゃ、お父様も……」

「あのグラウンドへ入って来たとき、父はもう疲れ切っていて、倒れそうでした。順位は六位で、入賞できるかどうか、ぎりぎりのところでした」

　弥生は辛そうに、「私はまだ八歳でしたから、フラフラしている父が情なく見えて、『パパ！　もっと速く！』と大声を出していました。――聞こえていたかどうか」

「それで？」

「父の後に、すぐ三人くらいが続いていて、ゴールまでの間に抜かれてしまいそうでした。でも、六位までに入らないと、次の年、父の所属するチームは大会に出られないんです。——私はプーッとふくれて、『パパなんか、走らなきゃ良かったんだ』と言いました。隣にいた母が、『そんなこと言っちゃだめ！』と、きつく言いました。『パパは必死に走ってるのよ』と……。今でも、あの母の声が耳に残っています。ところが……」

もう次の走者が阿川を抜こうとしていた。ゴールまでは三百メートルある。

おそらく、阿川は三人に次々と抜かれるだろう。——誰もがそう思っていた。

そのとき……。

ファンファーレが鳴った。

スタンドは大勢客がいて、声援がにぎやかだったから、そう目立って響いたわけではないが、それでもはっきりと聞こえた。

すると、驚くべきことが起った。阿川が、シャンと背筋を伸して、まるでそこから「生れ変った」かのように勢いよく走り出したのである。

自分を抜こうとしていたランナーをどんどん後にして、ずっと前を走っていた五位のランナーに迫り、抜いてしまった。

弥生は興奮した。

「パパ、頑張れ！」

と、飛びはねて叫んだ。

阿川は驚くばかりのスピードで、ついにゴール直前、四位のランナーを抜いてしまった。そしてみごとに四位でゴールしたのである。

さすがにスタンドもわいた。拍手の波が空気を揺るがすほどだった。

「パパ、凄かったね！」

と、弥生が言うと、

「そうね。大丈夫かしら」

母は、嬉《うれ》しいよりも心配そうだった。

そして弥生は、父がよろけてバタッと倒れるのを見た。

「行きましょう！」

母が弥生の手を引いて、出口へと駆け出した。背後では、まだ拍手と歓声が止まなかった……。

「父は死にました」

と、弥生は言った。「救護センターに運び込んだとき、もう心臓が止っていて、手の施しようがなかったそうです」

「今回と同じですね」

「ええ。そのときは、私も母も呆然《ぼうぜん》として、あのファンファーレのことなど、思い出しもしませんでした」

と、弥生は息をついて、「憶えているのは、いくら呼んでも起き上らない父の穏やかな顔と、『申し訳ない』と謝っていたコーチの頭が禿《は》げていたことだけです」

「そのファンファーレが何だったのか……」

「分りません。全く忘れていました。あの橋口さんが亡くなった日までは」

そう言って、弥生はそっと自分のコーヒーを飲んだ。「その後、母は再婚し、私は新しい父になじめず、それでもお金持だったので、アメリカに留学させてもらいました」

「そこで寺田さんと」

「ええ。でも――走るのをやめてほしいです。あの人まで失ってしまいそうな気がして」

弥生は表情を暗くして、首を振った……。

4　ゴール

「ここで藍さんがけがしたのか」

とツアー客が、ロープを張った一画を見て、「記念撮影だ」

と、ビデオを撮り始める。

「やめて下さい。変な記念なんて」

と、藍は言った。

「いや、我らの大切なバスガイド、町田藍さん、ここに眠る、とか……」

「私はまだ生きてます!」

社長の筒見の命令で、このツアーを考え出した。

夜のグラウンド。照明が点いていて明るい。

ツアー客は、スタンドの空いた席に適当に腰をかけて、

「今日は何が出るんだ?」

「この間、ラストスパートして、ゴール直後に死んじゃったランナーがいたろ。あの幽霊が出て、グラウンドを走るんだよ」

「本当か?」

「知らないけど、たぶんそうだろ」

いい加減なもんである。

藍と真由美はグラウンドに下りていた。

「藍さん、何なの?」

「もう少し待って。——ほら」

と、藍が指さすと、グラウンドへ一人のランナーが走り込んで来た。

「出た!」

と、客たちが一斉に立ち上る。

そしてもう一人。

「——お二人は幽霊じゃありません」

と、藍はスタンドのツアー客へと言った。

常連を中心に三十人近くがやって来ている。

「S大の陸上部の学生さんです」

と、藍は言った。「外を五キロ走って、このグラウンドを三周します。勝った人にバイト料が全額払われて、負けた人はタダです」

「本気で走ってる」

と、真由美が言った。

一周したところで、明らかに長身の方のランナーが速く、少しずつ差を広げていた。

「おい、負けるな！」

「頑張れ！」

負けそうな方へ声援が飛んだ。

あと一周。——二人の間は十メートル以上広がっていた。

そのとき、グラウンドの中に、鮮やかな音でファンファーレが鳴り渡ったのである。

すると、負けていた方のランナーが、突然猛烈な勢いでスパートした。

前のランナーへとぐんぐん近付いて行く。ファンファーレはくり返し鳴り続けた。

「やめろ！」

客の一人、コートをはおって、帽子を目深《まぶか》にかぶった男が、突然立って叫んだ。「ファンファーレを止めろ！」

周囲の客が顔を見合せて、

「何ですって？」

「あのファンファーレを止めてくれと言ってるんだ！」

「ファンファーレ？　そんなもの聞こえないよ、なあ？」

「何も聞こえませんけど……」

「馬鹿な！　鳴ってるじゃないか！」

「空耳でしょ」

「お酒飲んでるんじゃない？」

負けていた方のランナーは、あと百メートルという所でついにもう一人を抜き、ゴールに向って疾走して行った。

「やめろ！　――やめろ！」

その男は頭を抱えてうずくまった。

ファンファーレが止んだ。

そして、スタンドには阿川弥生の姿があった。

「大前さん」

と、その男に話しかける。

「誰だ？」

と、顔を上げる。

「阿川弥生。阿川哲士の娘です」

「あんたが阿川の……。あの小さかった子か」

「あのとき、父のコーチだった。そうですね」

それを見ていて、真由美が、

「あ！」

と、声を上げた。「この間、橋口さんが死んだときのコーチだ！」

「あの日、ファンファーレを聞いたのは、走っていた橋口さん、寺田さん、そして弥生さん」

「私も聞いた」

「真由美ちゃんは、何度も幽霊と接しているので、聞こえたのよ」

「じゃ、あのファンファーレは……」

「本当に鳴ったわけじゃないの。このグラウンドに残っている阿川さんの恨みが、聞かせた」

「恨み？」

「あのファンファーレを聞いたもう一人、それが橋口さんのコーチだった」

「うん、聞いたって言った」

と、真由美は思い出して肯いた。

「大前さん」

と、藍は言った。「あなたは、どうしても阿川さんに入賞してもらわないといけなかったんでしょう。コーチの職がかかっていた。あなたはたぶん、阿川さんに催眠術をかけて、ファンファーレが聞こえたら、超人的な走りができる、と暗示をかけたんでしょう。疲れ切っていた阿川さんが入賞できそうもないと見て、ファンファーレのレコードをかけた」

「じゃ、父はその暗示で……」

「入賞はしたけど、体の負担が大きくて、心臓が参ってしまったんです」

「ひどいことを……」

「まさか……本当に効くと思ってなかったんだ」

と、大前は言った。「だめでもともとと……。死んでしまうなんて！」

「じゃ、この間は？」

と、真由美が言った。「やっぱりこのコーチが？」

「あれは実際に鳴ったわけじゃないの」

と、藍は言った。「阿川さんの悔しさ、無念さが——。それに娘の弥生さんが来ているのを知っていたからかもしれないわね」

「橋口さんは暗示かけられてたの？」

「いいえ。でも、走って走って、頭がボーッとしている状態は、催眠術をかけられた状態に近いわ。それで幻のファンファーレを聞いて、凄い勢いで走り出してしまった」

と、藍は言った。「大前さんは、阿川さんが亡くなった後、いくつかのチームのコーチをつとめて、陸上界の実力者になった。——そんな大前さんを、阿川さんは赦《ゆる》せなかったんです」

大前はゆっくりと立ち上って、

「俺のせいじゃない……。こんなこと、罪になりっこない。そうだろ?」

「残念ながらね」

と、弥生は言うと、平手で思い切り大前の顔を打って、小走りに立ち去った。

「――もうコーチは辞めた方がいいですよ」

と、藍は言った。「皆さん、ご協力ありがとうございました」

大前がツアーに申し込んだことを知って、藍は常連客に、

「ファンファーレが鳴っても聞こえないことにして下さい」

と頼んだのである。

そして、実際にファンファーレを鳴らした。

「――お疲れさま」

と、バイトの学生二人には、ちゃんと同額の料金を払った。

「どうもありがとう」

弥生が寺田と一緒にグラウンドに入って来た。

「寺田さんに、走るのをやめてくれって言ったんですか?」

「どうせ聞きやしないわ」

と、弥生は微笑《ほほえ》んで、「ねえ?」

「あくまで趣味だな。僕は他に勉強したいことが色々ある」

「本当？　嬉しい！」

弥生は寺田に抱きついてキスした。

「おい、みんな見てるよ」

と、寺田が笑って言った。

そのとき――ミシミシと何かがきしむ音がした。

「この音……。屋根が！」

藍が叫んだ。「みなさん！　急いで左右へ逃げて！」

屋根の一部が欠け落ちて、その破片は真下に立っていた大前に当って砕けた。

大前が倒れる。

「まあ……」

と、弥生が息を呑《の》んだ。

「すぐ救急車を」

藍は一一九番へかけた。

そのとき、照明に照らされた夜のグラウンドに、もう一度ファンファーレが鳴り渡るのを、藍は聞いたのだった。

とっておきの幽霊

1　売りもの

休日の午後、ホテルのラウンジは、結婚式に来たらしい盛装の男女で溢《あふ》れていた。中に、もう少し気軽な服装のグループもあって、しばらく眺めていると、お見合の男女とその両親らしいと分ってくる。

町田藍は、約束の時間をもう三十分も過ぎているので、少々苛々《いらいら》していた。

もともと、バスガイドとして時間には正確であることがモットーだ。

いくら弱小バス会社〈すずめバス〉でも。――いや、むしろ弱小なりの意地がある。決めたことはきちんとやる。

それがバスガイド、町田藍のプライドである。

「それにしてもね……」

周囲は「結婚」「お見合」の関係者。二十八歳の藍としては、一人寂しく座っているわけである。

一応スーツを着ているが、別にお見合しに来たわけではない。ましてや結婚式でもなかった。

待っている相手は男性だったが、会うのは今日初めて。お見合ではなく、仕事の話である。

「あら、藍じゃない？」

と、声がして、振り向くと、振袖姿の華やかな女性が、「――やっぱり！」

「あ……。直子《なおこ》？」

高校時代の同級生である。しかし、見違えるほどスラリとやせていた。

「今日は大学の友だちの結婚式なの！　藍はお見合？」

「違うわよ」

と、苦笑して、「一人で来ないでしょ、お見合なら」

「でも、藍は独立心旺盛《おうせい》だったたし。――まだバスガイドやってんの？」

「うん」

「ま、頑張って」

「ありがと」

と言ったところへ、

「町田様、いらっしゃいますか」

と、呼ばれた。

藍が立ち上ると、その男性がテーブルの間をやって来た。

スラリと垢抜《あかぬ》けした二枚目――だったら待ったかいもあったのだが。

歩くのも面倒という様子でやって来たのはいかにも不健康に太った男。しかも、こんなホテルのラウンジなのに、くたびれたセーターと、膝の白くなったズボン。髪は寝ぐせがついてはね上り、無精ひげで顔の下半分が黒ずんでいた。

「お楽しみね」

と、友人がニッコリ笑って振袖を揺らしながら行ってしまう。

「――あんたがバスガイド？」

と、その男はドカッと座ると、言った。

「〈すずめバス〉の町田藍と申します。松原《まつばら》さんですね」

「うん」

と肯《うなず》くと、水を持って来たウエイトレスに、「食いもんはある？」

「お食事――ですか？　こちらでは、サンドイッチかカレーライスしか……」

「両方持って来て」

「サンドイッチとカレーですか？」

「コーヒーもね。お代りできるんだろ？　じゃ先にコーヒー」

「はあ……」

ウエイトレスが半ば呆《あき》れ顔で行ってしまうと、松原という男は水をガブッと飲んで、

「で、いくらくれるの？」

と訊《き》いた。

「――失礼ですが、今何とおっしゃったんですか？」

「耳遠いの？　いくら払うのかって訊いたんだよ」

と、小馬鹿にしたように言う。

「何かお話があると伺ったので、やって来たのですが」

「だからさ。――うちにゃ幽霊が出る。あんたの所はそういうネタが欲しいんだろ？」

「確かに、〈すずめバス〉は〈幽霊体験ツアー〉を売りの一つにしています。でも、必ず幽霊が出るというお宅は、これまで知りませんが」

「インチキじゃないよ。正真正銘の幽霊だ」

「それを見せるから金を払えと？」

「当然だろ。そっちはそれで儲《もう》ける。その分け前はもらわなきゃ」

「――分りました」

と、藍は肯いて、「もし、それが本当なら、ツアーを組んだ場合、お礼はいたします。でも金額については、私の立場では何ともお約束できかねます」

「何だ。もっと話の分る奴《やつ》を連れて来いよ」

まずカレーライスとコーヒーが来た。松原は猛然とカレーを平らげてしまうと、

「ああ……。旨《うま》い！」

と、水をガブ飲みした。

「何も召し上ってないんですか？」

「昨日の朝からね。——あ、腹が痛《いて》え」

「急に食べたからですよ」

サンドイッチが来ると、松原はまた猛然と取り組んだが、二、三切れ残してホッと息をつくと、

「ああ……生き返った！」

「あの——どういう生活をなさっておいでで？」

「どうって……。食って寝て、ＴＶ見て。普通の生活さ」

藍は少し考えて、

「『普通の生活』にしては、『働く』というのが抜けているようですが」

と言った。

「うん。僕は働くのに向いてないんだ」

と、松原はアッサリと言った。「何しろ名家の息子なんでね」

「はあ……」

「だから、家にある物を色々売って生活して来たんだ。でも、この不景気で、茶器とか絵とかが売れなくてね。それで幽霊を売ることにしたんだ」

松原は残っていたサンドイッチを平らげると、コーヒーを一気に飲み干して、「おい！　コーヒーお代り！」

と、大声で言った。

「松原さん――」

「ここは払ってくれよ。そっちが会いたいって言ったから来たんだ。そっちで払って当然だろ」

「お支払いします。カレーとサンドイッチくらいは」

と、藍は言った。「で、幽霊を売るとおっしゃったのは……。どういう幽霊なんですか？」

「可愛《かわい》いぜ。変なホラー映画に出て来るような気味悪いんじゃない」

「どなたの幽霊かお分りですか？」

「うん、妹だよ」

と、松原は注がれたコーヒーを一口飲んで、「あちち……」

「妹さん……。何か恨まれておいでなんですか？」

「まさか！　妹は凄《すご》く兄貴思いでね。毎晩、僕のことが懐しくて出て来る。本当だぜ」

「信じないわけではありません」

と、藍は言った。「ただ、その場合、兄であるあなただけにしか見えないということもあり得ます」

「まさか」

「事実ですわ」

「でも、あんなにはっきり見えてるし、僕と話もするんだぜ」

「それはよくあることです。一度確認させていただかないと、何とも申し上げられません」

「分った」

松原は不服そうだったが、肩をすくめた。

「出るのは、大体何時ごろですか？」

「やっぱりあんまり早くは出にくいんだろ。十二時前後かな」

「分りました。一度伺わせていただいても？」

「いいけど……」

「――何か問題でも？」

「それなら、このラウンジじゃなくて、ちゃんとしたレストランで飯を食わせろよ。どうせ経費で落とすんだろ」

「松原さん。いくら経費で落とすって言っても、お金は払うんですから」

と、藍はうんざりして、「お宅へ伺うのには、特に払いませんからね」

「ケチだね」

「中小企業でして」

と、藍は言った。

松原はコーヒーを飲んで、

「あれ？　今日って何曜日？」

「日曜日ですよ。休日です。だからこんなに結婚式が多いんです」

「ああ、そうか。——真紀《まき》の奴も結婚することになってて、日取りも決ってたんだぜ」

「真紀さんって、妹さんですか」

「うん。——〈真紀〉って書く」

と、松原はテーブルに指で文字を書くと、「二十一歳だった……」

藍は、その妹が死んだという詳しい事情はあえて訊かなかった。本当に幽霊と会うのなら、先入観は持たない方がいい。

「今夜は早く出るよ」

と、松原は言った。「十時には必ず」

「何かわけでも？」

「うん。ＴＶの連ドラが好きで、必ず見てるんだ」

変った幽霊だ、と藍は思った……。

2　対話

確かに、呆れるほど広い屋敷だった。

しかし、古くて傷んでいる。ろくに手入れしていないのだろう。

松原に夕食をごちそうして——藍の自腹だったが、社で払ってくれるとは思えなかった——から、九時過ぎに松原の屋敷に着いた。

「充分時間はある」

と、松原は言った。

「お茶でもいただけますか」

と、藍は言ったが、

「買ってないんだ。さっきレストランでちゃんと飲んで来りゃ良かったんだ」

「いえ、なければいいんです」

「あそこは悪くなかった。でも、ハンバーグでなく、本物のステーキが食いたかった」

「ぜいたく言わないで下さい」

と言って藍は、「——あれですか？」

鍋を手にしてエプロンを着けた女性が居間の入口に立っていた。

「真紀は二十一だぜ」

と、松原は苦笑して、「隣の奥さんだ」

「どうも……」

その女性は藍をジロリと見てから、「さっきも来たけど、帰ってなかったから。煮物を持って来たわ」

「ありがとう。今夜はこの人がおごってくれたんだ」

「そうですか。——彼女ですか？」

「違います」

と、藍は即座に言った。「仕事のことで伺いました」

「でしょうね。私、お隣の弓形《ゆみがた》ゆかり」

「町田藍です」

松原がトイレに行くと、藍はその主婦に、

「松原さんは以前からああいう方なんですか？」

と訊いてみた。

「そうですね。うちも引越して来てまだ七、八年なので……。でも、お家《うち》の中には売れる物が沢山ありました、そのころには」

と、弓形ゆかりは居間の中を見回して、「ねえ、今は空っぽで。お気の毒ですわ」

藍としては、あまり同情したい気分ではなかった。

「あなたはご存じですか、妹さんのこと」

「真紀さんね。ええ、話は聞いてるわ。実際にはお会いしたことないけど」

「なぜ亡くなったんですか？」

「直接訊いたことないけど。――だってねえ、訊きにくいでしょ」

「でも、お話くらいは」

「ええ。自殺みたいですよ」

「自殺……。でも結婚間近だったそうで、どうして？」

「さあ、それは何とも」

「分りました。ありがとう」

弓形ゆかりは、少し声をひそめて、

「ね、妹さんが幽霊になって出るって、本当？」

「さあ。私もお目にかかったことがなくて」

と、藍は言った。「ご両親は？」

「お母様が大分前に亡くなられて……。お父様とご兄妹《きょうだい》、三人で暮してらしたようですよ。真紀さんが亡くなって、お父様はそのショックで寝込んでしまい、二、三か月後に亡くなったとか」

「そうですか」

松原周一《しゆういち》が戻って来て、

「ね、ゆかりさん、この人にお茶出してやってくれないかな」

「いいですよ。お茶の葉が少し残ってたと思いますけど。二、三年前のが」

「結構です」

と、藍はあわてて断った。

「じゃあ、煮物、置いてくわ。明日位までなら大丈夫だから」

「ありがとう」

ゆかりが帰って行く。

「――ずっとああしてお料理を？」

「うん。助かってるよ。時々掃除もしてくれるし」

松原は、大分古ぼけたソファにドカッと座ると、「このソファ、売ろうとしたけど、逆に金払わないと持ってかないって言われちゃって」

藍は、松原がだらしない一方で、子供のようなところがあるのに気付いた。いわゆる「お坊っちゃん」育ち、ということだろう。

こうして見ると、確かに面倒をみたくなるタイプかもしれない。ただし、藍としてはごめんだったが。

「そろそろだな」

と、松原は言った。「TV、点《つ》けとかないと。――古いんで、時々映らなくなるんだ」

リモコンを手に、松原はニヤリと笑った。

藍は、空っぽの家の中を、いささか寒々とした思いで見回した……。

十時から始まるドラマの前のニュースが終った。

「そろそろだけどな」

と、松原は左右を見回し、「邪魔な奴がいると出て来ないかもしれねえな」

「じゃ、帰りますか」

と、藍は言った。

「いや、待てよ。せっかくここへ来たんだろ」

「ええ……」

藍は、冷気が漂って来るのを感じていた。

確かに、この屋敷はまともじゃない。

「このドラマだ」

と、松原が言うと——。

ソファに、いつの間にか若い娘が並んで座っていた。

「いたのか」

と、松原は言った。「何とか言えよ」

「TVの音、大きくして」

と、その娘は言った。「ちょっと耳が遠くなってるみたいなの」

藍は幽霊に慣れているから、さほどびっくりしなかった。

死んだとき、二十一歳ということだが、ほっそりとして色白で、十代に見える。

「おい、今夜は客がいるんだ」

「知ってる」

と、娘は肯いて、「でも、このドラマが終ってからにして、お話は」

「分りました」

と、藍は言った。

TVがCMになると、娘は初めて藍へ目を向けた。

「知ってるわ、あなたのこと」

と言ったのである。「〈幽霊と話のできるバスガイド〉さんね」

「町田藍といいます。真紀さんですね」

「ええ。もう十年たつの、死んでから。本当ならあなたより年上ね」

「あなたは二十一歳のままですね」

「老けないっていうのも、悲しいわよ」

と、真紀は微笑《ほほえ》んだ。

およそ兄と似ていない、寂しげな美人だ。

「私がここへ伺ったわけを――」

「兄から聞いてるわ」

と肯いて、「あ、待って。ドラマが始まるから」

「どなたかのファンですか」

「ええ！　もちろん、佐久間伸《さくましん》よ！」

「ああ……」

CMが終ってドラマが始まると、真紀は食い入るようにTVに見入っている。

藍は、松原がチラッと藍を見て、「な？　言った通りだろ？」と言うようにニヤリと笑うのに気付いた。

しかし、松原は気付いていないようだが、藍はその真紀の姿に、何かふしぎな影がさしていることを感じていた……。

見付けるのは容易ではなかったが、藍は以前のバス会社でその事務所の仕事をしたことがあって、役に立った。

3 所属事務所

熱心なファンクラブの幹事の女性と知り合いになっていたのである。

今夜は午前○時からSテレビで収録がある。――その極秘情報を聞いていた。

通用口から出て来たのは、午前二時近く。こんな夜中にサングラスだ。

藍は、明りの下へ出て行って、

「突然申し訳ありません」

と、声をかけた。「佐久間伸さんでいらっしゃいますね」

相手はちょっとギクリとした様子で足を止めたが、スーツ姿の藍を見て、妙なファンではないと思ったのだろう。

「そうだけど……」

「私、〈すずめバス〉のバスガイドをしている町田藍と申します」

「〈すずめバス〉？ 〈はと〉じゃなくて？」

「中小企業でして」

それを聞くと、アイドルは愉快そうに笑った。そしてサングラスを外すと、

「これからやっと晩飯なんだ。一緒にどう？」

こううまく行くとは思っていなかった！

——六本木の焼肉屋で、藍は佐久間伸と食事することになったのである。

「や、どうも」

こんな夜中にも芸能界の人間は焼肉を食べる、というわけで、佐久間伸は顔見知りに手を振った。

「新しい彼女？」

と、物珍しげに藍を見に来る物好きもいた。

「——明日は噂《うわさ》になってるかな」

と、佐久間伸は言った。「僕は独身だからいいけど、あんたは？」

「私も独りですが、平凡なバスガイドですから」

と、藍は言った。「実はお願いがあって、お待ちしていました」

「どんな？」

「佐久間さんの熱心なファンに、会っていただけないかと思いまして」

「そいつは難しいよ。一人会うと、他にもそういうのが出て来るだろ」

「でも、このファンは特別なんです」

「というと？」

「幽霊なんです」

佐久間ははしを止めて、まじまじと藍を見つめた。

「――真面目《まじめ》な話？」

「はい」

佐久間は大きく肯くと、

「ああ！　どこかで聞いたことがあると思った。〈幽霊と話のできるバスガイド〉ってのはあんただな」

「そうです」

と、藍は肯いた。「もちろん、いつも幽霊とお付合いしてるわけじゃないんですけど、今回の幽霊は、あなたの大ファンで」

「へえ……」

「今やっているTVドラマを欠かさず見ているっていう女の子なんです」

「あの『虹色に向って』ってのを？　へえ、あれが幽霊好みなのか」

「人によると思いますが」

「何ていうんだ、その子？」

「松原真紀といって、二十一歳です。というか、二十一歳で亡くなった方で……」

「——美人？」

と、佐久間は訊いた。「いや、別に美人でなきゃいやだってわけじゃないけど」

「きれいな人です」

「あんた、会ったの？」

「はい」

佐久間は深く息をついて、

「——肉がこげちまう」

と、またはしを動かしながら、「ただ、問題は幽霊相手に何をするかってことだな。何しろ事務所がうるさくて、勝手に仕事を受けるわけにいかないんだよ」

「よく分っています。これはプライベートな時間に……」

「プライベートね……。なかなか、そういう時間がないんだ」

と、佐久間が言ったとき、

「おい！」

突然、佐久間の後ろの席から声がかかった。

「ああ、びっくりした！　——木畑《きばた》さんじゃないですか」

「聞こえてたぜ、今の話」

派手な色のジャケットを着た四十代の男。

「――Sテレビのプロデューサー、木畑さんだよ」

と、佐久間が紹介して、「そこにいるなら、そう言ってくれりゃ……」

「何しろ話が面白いじゃないか」

木畑は、タレントらしい女性二人を連れていた。藍が自己紹介すると、

「うん、知ってる。評判だものな。いつかTVで取り上げたいと思ってたんだ」

口から出まかせと分り切っていることを平気で言えないと、TVの仕事はつとまらない。

「な、今の話、うちでやろう！」

「やるって……」

「特番にする！　本物の幽霊のファンが、天下のアイドルに会いに出て来る！　こんな話、またとないぜ」

「でも――」

「お宅の社長には俺がかけ合うよ」

「ちょっと待って下さいよ」

と、佐久間は顔をしかめて、「僕――どうも苦手なんですよ、お化けとかそういうの」

「何言ってんだ！　本物の幽霊だぞ。こんな機会、またとない。君がいやなら、よそのプロと組んでやる。きっと大評判になる。そのときになって、君が断ってたと知ったら、

お宅の社長、どう思うかな」

「そんな……。分りました！　分りましたよ」

　佐久間は渋々という様子で、「でも、一対一でお化けと会うのはいやですよ。うんとにぎやかにして下さい」

「にぎやかに？」

「ええ、レーザー光線にスモークたいて、ロック、ガンガン鳴らして」

「しかし、そんなんで幽霊って出て来られるのかい？」

　と、木畑が藍に訊いた。

「さあ……。それは、人それぞれ、みんな違うように、幽霊もみんな違います。にぎやかなのが好きな人も……。今回の場合はどうなのか分りませんけど」

「じゃ、一つ東京ドームででもやるか！」

「それは無理です。霊は自分が死んだときの場所にこだわりますから」

「そうか……。じゃ、その家《いえ》にTVカメラを持ち込もう」

「では、その前に、まず当人の気持を訊いてみます。それと——ギャラが問題です」

「幽霊に払うの？」

「お兄さんに当る人が、お金を出せとおっしゃっていて……」

「そうか……。しかし、これまで幽霊にギャラ出したことないからなあ」

と、木畑は腕組みして、「相場はいくらなんだ?」

TVの世界のせっかちなことは藍も知っていたが、木畑がこんな夜中に佐久間の所属する〈MKプロ〉の社長を焼肉屋に呼び出し、また呼ばれた方も午前三時過ぎにやって来るのだから驚きである。

——八田《はった》勇作《ゆうさく》は、木畑とは正反対の、無口な五十五、六の男だった。がっしりした体つきで、昔は柔道でもやっていたのかと思わせる。

〈MKプロ〉は、佐久間伸を始め、人気のあるタレントを大勢抱えた、力のあるプロダクションだ。

「——どうだい、八田さん?」

自己中心の木畑プロデューサーも、八田にはやや遠慮しているのが分る。

八田は、何を考えているかよく分らない無表情なままで、

「佐久間さえよけりゃ」

と言った。「それと、その幽霊とな」

「気持を訊いてみますが、その前に、お兄さんの方にいくらお払いになるか……」

と、藍は言った。

「いくら欲しいって言ってるんだ」

と、木畑が訊いた。

「そう無茶は言わないと思います」

藍は、松原家の状況について説明した。

「――もう売る物がない、か。情ない暮しだな」

と、佐久間が笑って言った。

「笑うもんじゃない」

と、八田が言った。「そういう家に生れてみろ。辛《つら》いもんだ。他人には分らん」

そして八田は藍の方へ、

「百万でどうかな」

と言った。

「もったいないよ、そんなに――」

と、佐久間は言いかけたが、「ま、僕が出すわけじゃないからいいけど……」

「伝えます」

と、藍は肯いて言った。

そこへ、

「あれ？　何してんだ、親父《おやじ》？」

と、舌のもつれた口調で、かなり酔っ払った若い男が言った。

「哲《てつ》か。どこへ行ってた」

と、八田は言った。

「ちょっとハワイへね……。さっき成田に着いたんだ」

哲と呼ばれた息子は、かなり不健康な太り方をしていた。たぶん三十そこそこだろうが、老けている。

「誰だ?」

と、八田が訊いたのは、哲の後ろについて来ている金髪の女の子を見たからである。

「ね? 可愛いだろ? ホノルルでバニーガールやってたから、話しかけたんだ。日本でぜひスターになりたい、って言うから、連れて来た。アンナっていうんだ。な?」

せいぜい十八、九のその女の子は、ちょっと落ちつかない様子で、ぎこちなく頭を下げた。

「哲……。お前は何度同じことをすれば気が済むんだ」

と、八田は厳しい口調で言った。

「いや、この子はいいよ! ね、木畑さん? 僕だって、スターを見る目はあるんだ」

哲はアンナの肩を抱いて、「さ、焼肉だ!」

と、奥の方へフラフラと入って行った……。

「全く……」

と、八田はため息をつくと、「どうせまた、東京見物をさせて送り帰すんだ」

「息子さんですか」

と、藍が言った。

「ああ。一人前のスカウトのつもりでいるから始末が悪い」

そして八田は、「町田さんといったね。この払いは私がする。ゆっくり食べてくれ」

と、穏やかに微笑んだ……。

4　交渉

「よくやった！」

〈すずめバス〉社長の筒見は、藍の話に上機嫌だ。

そりゃそうだろう。何しろ人気アイドルと本物の幽霊のご対面をツアーにできて、それもＴＶで放映してくれる。しかも、金はかからない、とくれば、こんなうまい話はない。

「町田君！　君こそわが〈すずめバス〉の救世主だ！」

と持ち上げられ、先輩ガイドの常田エミ、山名良子の二人からは、

「私たち、藍さんの方に足向けて寝られないわね」

「ねえ、本当」

と、嫌味たっぷりに言われる始末。

全く、もう……。好きで幽霊とお付合いしてるわけじゃないわよ、と藍は心の中でグチっていた。

――百万円と聞いて、松原周一は、

「うーん……。ま、とりあえず仕方ないか」

と、渋い顔をして見せていたが、その実、予想していた以上の金額だったのだろう、つい笑顔になって、

「どうだろう。これで真紀が有名になったら、〈幽霊アイドル〉ってことで売り出せないかな?」

「いくら何でも――」

「冗談だよ、冗談!」

と、笑っていたが、結構本気だったろう。

ともかく〈MKプロ〉との間で契約書を交わし、一週間後に松原家の家の中で収録ということになった。

もちろん、この収録に立ち会うべく、〈すずめバス〉のツアーが組まれたことは言うまでもない。

いつもの藍のツアー常連客だけでなく、TV局の関係者、〈MKプロ〉の他のタレン

トなども見に来るというので、〈すずめバス〉のバスはフル稼働で、他の二人のガイドも大張り切りである。

「私、サイン帳、持ってって、全員のサインもらおう！」

と、若い常田エミが舞い上れば、

「そんなの、子供のすることよ。私はあくまで冷静にプロのガイドに徹するわ」

と、年上の山名良子。

「せっかくのチャンスなのに？」

「プロの姿に惚《ほ》れる男だっているのよ」

と、やはり下心があることを自ら告白している……。

藍としては、気が気でない。ツアーのお客が集まれば集まるほど、万一、幽霊が出て来てくれなかったら、と心配になってしまうのだ。

しかも今回はＴＶ収録まで入っている。その狙いが空振りに終ったら、ＴＶ局か〈ＭＫプロ〉から〈すずめバス〉は訴えられかねない。

いや、そうなれば、筒見社長は藍を即日クビにして、

「全責任は町田藍一人にある」

と、責任をなすりつけて来るのは目に見えている。

「――とんでもないこと引き受けちゃった」

と、自分のマンションに帰って、ソファに引っくり返る。

収録はもう明日に迫っていた。

「寝坊したら大変だ……」

と、自分に言い聞かせて、ソファから起き上ると――玄関のチャイムが鳴った。

ドアを開けると、

「やあ、先日は失礼」

立っていたのは八田哲。――あの〈ＭＫプロ〉社長の息子だ。

「何かご用ですか」

「ちょっと相談があってね。入っても？」

今夜は飲んでいないらしい。

「どうぞ」

と、藍は八田哲を上げた。

一応紅茶など出して、

「お話というのは？　私、疲れてて休みたいので手短かにお願いします」

「うん。――明日の収録のことだ」

「あなたも行かれるんですか？」

「親父の命令でね」

「この間の方――アンナさん、でしたっけ？　どうしたんですか？」

「ああ、あいつか」

と、哲は苦笑して、「ハワイじゃ、ずっと酔っ払ってたんでね。酔いがさめてみたら、あんなの使いもんにならない」

「ひどい言い方ですね」

「でも、あいつは別に損してないんだ。飛行機代だってこっち持ちだし、親父が手配して、六本木や原宿を見て帰った。親父は、ちゃんと少しこづかいも握らせてるさ、きっと」

「損得でしか考えないんですか」

と、藍は言った。「あの子は、少なくとも一度はスターになる夢を見て、あなたについて来たんでしょう。その気持を傷つけたことは、お金じゃ償えませんよ」

「なあに、向うの連中は陽気だからね。すぐ忘れる」

「それに――あなたはあの子に手を出さなかったんですか？　そんなわけないですよね」

哲は曖昧《あいまい》に肩をすくめて、

「僕なんか、大勢のボーイフレンドの一人、ワン・オブ・ゼム、さ」

と言った。「それより、明日のことで頼みがあってね」

「何でしょう」

「あんた、例の幽霊と話せるんだろ」

「そいつに頼んでくれよ。収録が始まってもしばらく出て来ないでくれ、って」

「どういう意味です？」

「明日は、Ｓテレビの連中も大勢来る。しかもその瞬間を狙って生放送。――もし、肝心の幽霊が現われなかったら、ＴＶ局の奴らも親父も焦りまくるだろう」

「当り前ですよ」

「そこで、僕の出番さ。若い子には、やっぱり若い男でないと、とか言って、僕が彼女を呼ぶ。すると、彼女は現われる……」

「お父様に見直されたいんですね？」

「というより……親父に敗北感を味わわせてやりたいんだ。世の中、自分の思い通りにゃいかないこともあるってことをね」

と、哲は言った。

冷ややかな父と子の関係だ、と藍は思った。

「――じゃ頼むぜ」

と、哲は玄関へ出ると、「どうだい？　一度飯でも」

「その先にはベッドが待ってるってことですね。私はあいにく、スターを夢見てないので。――お気を付けて」

「まあ……たぶん」

と、哲を送り出す。

ドアを閉めて、

「いやな奴！」

と呟《つぶや》くと、戻ろうとして、「キャッ！」

と、飛び上りそうになった。

つい今まで座っていた小さなソファに、何と松原真紀が座っていたのである。

「あなた……」

「お邪魔してます」

と、真紀は会釈した。

「どうやってここへ？」

「自宅から、藍さんの肩にとまって来ました」

「そう……。びっくりした！」

「すみません」

「いえ、いいのよ」

藍も息をつくと、「人間より幽霊の方が、話しててずっといい気分になれることもあるわ」

と言って微笑んだ。

「ところで、どうしてあそこを出て来たの?」

「実は——」

と、真紀は言った。「藍さんにお願いしたいことがありまして……」

5　当日

「さあ、いよいよです!」

と、司会の男性タレントがカメラに向って叫んでいる。「前代未聞! 空前絶後! 本物の幽霊が今、TVカメラの前に現われようとしています!」

——松原家の居間は、ライトでまぶしいほど明るい。

藍と、ツアーの常連客たちは少し離れて見ていた。

「藍さん」

と、幽霊大好き少女の遠藤真由美、今日はちょっとめかし込んで可愛いワンピース。

「本当に、そんなに都合よく出るの?」

「さあ……。私に幽霊の気持まで分らないわよ」

と、藍は肩をすくめた。

「——では幽霊に恋された我らのアイドル、佐久間伸さんに登場してもらいましょう!」

佐久間が、少し照れたような笑顔でライトの下へ。周囲から拍手が起る。

「――佐久間さん！　今の気分は？」

と訊かれて、

「ちゃんと歯は磨いたかな、って……」

「キスするときに備えて？」

「幽霊とは初めてでね」

と笑ったが、佐久間は少し不安そうだ。

「では、幽霊のお兄さんに登場していただきましょう！　松原周一さん！　この方は人間です」

松原周一が、少しメークした顔、衣裳《いしょう》もＴＶ用の派手なスーツで現われる。

「――ええ、妹は佐久間さんの大ファンでして」

と、質問に答える。「今夜の出会いを、とても楽しみにしてました」

ワーッと拍手。――〈ＭＫプロ〉のタレントたちが大勢来ている。

「よし、うんと引張れ！」

と、木畑プロデューサーが小声で指示する。

「ええと……妹さんはどんな方でした？」

司会者が思いつきであれこれ松原に問いかける。

「──では、CMの後、いよいよ本物の幽霊の本邦初公開です！」

司会者が汗をハンカチで拭く。

「いいぞ」

と、木畑が言った。「ぎりぎり引張って出すんだ。効果的だからな」

藍は、〈MKプロ〉の社長、八田勇作がじっと腕組みして立っているのを目にとめた。

「──八田さん」

「あんたか……」

八田はホッと息をついて、「ちゃんと現われるのかな」

「そうですね……。でも、現われてくれないと困るでしょう？」

「TV局はな。しかし、相手は幽霊だ。訴えるわけにもいかんさ」

そう言って八田は屋敷の中を見回し、「こんな風に取り上げられるのは可哀そうな気もする。──死んだ人間に敬意を払うってことを、今の世は忘れてる」

やがてCMの時間は終り、再び司会者が声を張り上げた。

「さあ、いよいよです！」

大げさな音楽。照明が七色に変化して、居間はあたかもディスコのよう。

「では松原さん、妹さんを呼んでいただけますか」

「はい。──おい、真紀。真紀、出て来いよ。お前の憧れの人がいるぞ！」

と、松原が呼んだ。

周囲が静かになる。

しかし——待っても、真紀は現われなかった。

「どうなってる！」

木畑が早くも苛ついていた。

「——ちょっとすねてるのかな？　じゃ、佐久間さん、呼んでみて下さい」

「ええ。——エヘン、松原真紀さん。佐久間です。もしここにいたら、姿を見せて下さい……」

そう言ってキョロキョロ見回したが、やはり反応はなかった。

「おい、いい加減にしろよ」

木畑が顔を真赤にして、「早く呼び出せ！」

「呼んでますよ」

松原はふてくされて、「妹だって色々事情が……」

「畜生！　おい、もう一度CMだ！」

強引にCMを入れると、木畑は、藍の方へやって来て、「どうなってるんだ！」

「怒鳴らないで下さい」

と、藍は言った。「申し上げたはずです。幽霊の気持など誰にも分りません」

「このままじゃ笑いものだ！」

と、木畑は苛々と床をけった。

「家を壊さないで下さい」

と、松原が言った。

「父さん」

八田哲がやって来て、「僕がやってみようか」

「お前がどうして呼び出せるんだ」

「スカウトの腕だよ。女の子の心をくすぐるのは得意中の得意だからさ」

「よし、やってみろ！」

と、木畑が哲をライトの方へ押しやる。

「――冷気だわ」

と、藍は呟いた。「真由美ちゃん、気を付けて」

「うん……」

真由美も、こういう状況に大分慣れているので、「これって……あんまりいい空気じゃないね」

哲がTVカメラの前で、得意満面、

「僕は佐久間の所属事務所のスカウトマンです。――松原真紀ちゃん、ちゃん！　出ておいで。

君をスターにして輝かせてあげよう！」

冷気が白い霧のようになって、頭上で渦を巻き始めた。みんながざわつく。

「寒くなって来ました！」

司会者が後ずさりして、「本当に出て来るの？　怖いよ！」

と逃げ出しそうになる。

すると——霧がフワッと広がって、八田哲の周囲を包んだ。

「え？　——どうなってる？」

と、哲も面食らっている。

声がした。——真紀ではない。

「僕はね、大きなプロダクションの社長の息子なんだ。君を売り出すぐらい簡単だよ……」

哲の声だった。しかし、どこか遠くから聞こえてくるようだ。

「何だよ、これ！」

「忘れた？　忘れたでしょうね」

と、真紀の声がした。「十年前に、私を酔わせてホテルへ連れ込んだこと……」

「何だって？」

「結婚を控えてた私が、スカウトを断ると、あなたは私の飲物に薬を入れた……」

「馬鹿言うな！」

哲がよろける。

「出てあげるわよ、さあ……」

哲の肩に、真紀がおぶさっていた。

誰もが青くなって言葉もなく見つめていた。

しかし——哲一人が全く気付いていない。

「ハハ……。何だよ、出ないじゃないか！　脅したってだめだぞ！　十年も前のことなんか、とっくに忘れたよ！」

青白い真紀の顔が、哲の頬にすりつけられる。しかし、哲には分らないのだ。

「——撮れてるか？」

木畑の声は震えていた。

「映りません」

カメラマンが上ずった声で、「男しか映っていません」

「私をスカウトしたかったのね？」

と、真紀が言った。「十年たって、今度は私があなたをスカウトするわ。一緒にスターになりましょう……。あの世でね」

真紀が哲の唇にキスした。哲がもがいて、

「息が……できない……」

と、空《くう》をつかんだ。「助けて！」

真紀は烈《はげ》しく唇を押し付けて哲の唇をふさいだ。

「――待ってくれ！」

と、飛び出したのは八田勇作だった。「哲の父だ！　息子を連れて行かないでくれ！」

「手遅れですよ。あなたにも罪が――」

「そうだ。私がやったことだ」

「――何ですって？」

「息子ではない。私だ」

と、八田は言った。「あの夜、哲のしようとしていることを知って……。哲はまだ大学生で、悪友たちに、若い娘をものにしてみせると賭けていた。友人の一人が心配して私に連絡してくれたんだ」

「父さん……」

「私はホテルの部屋へ踏み込んで、息子を叱りつけ、叩《たた》き出した。――あんたに詫《わ》びようとしたが、あんたは薬で眠ってしまっていた……」

八田は冷汗を拭って、「眠っているあんたの可愛さに、私は見とれてしまった。そして……スカートがめくれて白い太腿《ふともも》が露《あら》わになっているのを見ている内……。今なら分らないだろうと思った。自分でも分らない内に、あんたの上に……」

「あなたが？」

「どうかしていたのだ……。気が付いたときは、あんたの服を引き裂き、苦しそうに呻《うめ》くあんたを見下ろしていた。──我に返って、私は逃げ出した。持っていた金を置いて、逃げてしまった。まさか……まさか、あんたが自殺するとは思わなかった……」

八田は床に膝をついて、「私をとり殺してくれ。愚かな息子だが、そいつは許してやってくれ！」

「親父……」

哲がペタッと座った。

真紀が離れたのだ。

「真紀……」

と、松原が言った。「お前、いつもと様子が違うぞ」

「真紀さんは」

と、藍が進み出て言った。「もうここにいられないのです」

「何だって？」

「もう、向うへ行く時が来てるんです」

松原は呆然《ぼうぜん》として、

「真紀……。本当か？　行っちゃうのか」

「お兄さん。——一人で生きて行くのよ、これからは」

「僕は……どうすればいい？」

「私にも分らないわ。人は誰でも一人なの。自分の道は自分で探すのよ」

「真紀……」

真紀は八田の前に立つと、

「息子さんを思う気持は分ります」

と言った。「眠っている私を見たとき、私を思う親の気持を考えてほしかった……」

「全くだ……。私は、あの後、プロダクションの名前を〈ＭＫプロ〉と変えた。あんたが〈真紀〉という名だと知ったから」

「じゃあ……知っていて今日ここへ？」

「本当に会えたら、詫びたかった」

と、八田は首を振った。「取り返しはつかないが……」

真紀がハッと顔を上げ、

「もう行かなくては」

と言った。「時間がない。——お兄さん、元気で！」

「真紀——」

「生きて！　私の分も、人生を投げ出さないで！　私は必ず——」

フッと真紀の姿が消えた。

冷気も消えていた。

誰もが、放心したように動かない。

ただ藍のツアーの常連の客だけが、

「さ、帰ろうか」

「いや、いつもこのツアーは楽しいね」

と、上機嫌で、

「では表のバスの方へ」

という藍の案内でゾロゾロと出て行った。

「——凄かったね」

と、真由美が言った。「ドラマチックだった！」

藍は苦笑して、

「毎度どうも」

と、真由美の肩を抱いた。

解説

三橋　曉

ちょっと古い話から、始めさせてもらうとしよう。バスツアーといえば、かつて東京観光の人気メニューであり、そこに添乗し、遊覧客たちを笑顔や絶妙のトークで楽しませるガイド嬢ことバスガールは、昭和という時代の花形のひとつであった。

その最盛期には、初代コロムビア・ローズが歌う「東京のバスガール」（昭和三十二年）がヒットし、翌年にはそれをもとにした同題の歌謡映画（日活、春原政久《すのはらまさひさ》監督）まで公開されている。また、昭和四十年代に入ってからは、当時アイドルだった岡崎友紀《おかざきゆき》が新米でわけありのバスガイドを演じ、人気を博したテレビドラマ「なんたって18歳！」（ヒロインのライバル役として松坂慶子《まつざかけいこ》も出演）を懐かしく思い出す向きもあるだろう。

それから時は流れ、平成の世に移り変わってからは、観光客を乗せて縦横無尽に首都圏を走りまわっていたバスもあまり見かけなくなってしまった。ところがどっこい、この業界はしぶとく生き残っていたのである。大手のH社でリストラに遭《あ》い、クビを言い渡されたバスガールの町田藍《まちだあい》二十八歳が、やむにやまれず求職のため門戸を叩《たた》いたのは、まるでおばけ屋敷のような、傾きかけたバス会社だった。

〈はと〉ならぬ〈すずめバス〉というその社名からもうかがわれるように、会社とは名ばかりの超零細で、売り物はといえば、ガイドがセーラー服やビキニのコスプレをするお色気ツアーや、犬同伴で公園をめぐる愛犬家ツアーというトンデモな会社だが、八年のキャリアという前歴を見込まれたか、それとも折からの人手不足のおかげか、藍はめでたく採用となる。しかし、どこか胡散臭《うさんくさ》いハゲ頭の社長、筒見哲弥《つつみてつや》から命ぜられた最初の勤務は、なんと本物の幽霊を見に行く夜の怪奇ツアーだった。

さて、赤川次郎ファンお待ちかね、〈すずめバス〉の名物バスガールこと、町田藍が幽霊見学ツアーへと読者をご案内する〝怪異名所巡り〟シリーズの『とっておきの幽霊』をお届けする。

所有するバスはおんぼろが二台、社員も社長を入れてたったの五名だけ。そんなお寒い〈すずめバス〉の六人目の社員として、再就職がかなった藍だったが、火の玉が宙を漂い、墓石が血を流すというオカルト現象勃発中の郊外のお寺へ向かうツアーという初仕事で、もともとあった霊感体質が怪異現象と見事にシンクロ。その背景に隠された現代版ロミオとジュリエットとでもいうべき心中事件を明らかにし、過去にまつわる憎しみと悲しみに鎮魂を捧《ささ》げた。そんな第一話「心中無縁仏」を収めた『神隠し三人娘』を皮切りとして、この〝怪異名所巡り〟の連作短編シリーズは、これまで次の八集が刊行されている。（括弧内は初刊年月、いずれも集英社刊。1〜7は集英社文庫版がある）

1『神隠し三人娘』（二〇〇二年三月）
2『その女の名は魔女』（二〇〇四年六月）
3『哀しみの終着駅』（二〇〇六年二月）
4『厄病神も神のうち』（二〇〇七年七月）
5『秘密への跳躍』（二〇〇九年九月）
6『恋する絵画』（二〇一一年八月）
7『とっておきの幽霊』（二〇一三年八月）※本書
8『友の墓の上で』（二〇一六年八月）

藍は、一作ごとに生まれついての霊感の強さに磨きをかけ、〈すずめバス〉が誇る（？）イケメンのドライバー、細身で色白、たとえるならばギリシア彫刻という君原《きみはら》志《し》郎《ろう》とのチームワークもますます快調。幽霊との接近遭遇をお目当てにした物好きな常連客も増え、この『とっておきの幽霊』においても、幽霊ツアーの集客はまさに順風満帆である。

かつて藍が勤めた会社として連作中にも登場するH社のモデルと思《おぼ》しき某バス会社は、平成のバブル崩壊で一旦は経営が悪化したものの、積極的な経営改革に乗りだし、不死鳥のように蘇《よみがえ》った。まるでそれに倣《なら》うかのように、〝幽霊と話のできるバスガイド〟の呼び名をほしいままにする藍は、この『とっておきの幽霊』でも右肩あがりの大活躍を見せてくれるのである。

では、今回のツアー・メニューを紹介していこう。（初出はすべて〈小説すばる〉。それぞれ末尾の括弧内には、その掲載号を記した。いずれも二号にわたる分載）

「活字は生きている」〜TVスタジオとドラマ収録現場ツアーの巻。常連客のひとり、幽霊大好きを自認するセーラー服姿の高校二年生、遠藤真由美の持ち込み企画で、連続ドラマを収録中のTV局を訪ねるツアーが実現する。ところが、幽霊と関係ない筈《はず》だったツアーのさなか、スタジオで首を吊《つ》ったという女優の霊が藍の前に出現する。清水邦《しみずくに》夫《お》の有名な戯曲「楽屋―流れさるものはやがてなつかしき」やジャパニーズ・ホラーの名作といわれる映画「女優霊」（中田秀夫《なかたひでお》監督）を連想させる本作だが、小説の映像化にはつきものの原作者と脚本家の軋轢《あつれき》をテーマにしながら、後味の悪くない着地点は、自作が多数映画化されている作者ならではのものかもしれない。（二〇一二年七、八月号）

「永遠の帰宅」〜熟年夫婦の思い出巡りツアーの巻。夫婦がヨーロッパ旅行から帰国するが、旅装を解く間もなく、夫がうたた寝をしている間に、自宅から妻が忽然《こつぜん》と姿を消してしまう。デビュー作の『幽霊列車』で、奇想天外な人間消失を披露した作者だが、本作の謎《なぞ》もこれまた魅力的だ。二か月後、警察から容疑者扱いされ、憔悴《しょうすい》しきった父親を見かねた高校時代の同級生の頼みで、彼女の実家を訪ねた藍の身にも、思わぬ危険が及ぶことに。やや強引なところはあるものの、真相は意外性十分で、犯人をあぶりだすためにツアーを企画する藍の作戦にも意表を突かれる。本書中、屈指の一作といっていいだろう。（二〇一一年十一、十二月号）

「無邪気の園」～理想の保育施設見学ツアー。子育て支援に対する政府の無策ぶりに、〝保育園落ちた日本死ね〟というブロガーの叫びが、多くの共感を集めたことは記憶に新しいところだが、本作はそんな今どきの保育園事情を背景にしている。エリートと結婚し、男の子を出産して間もない大学時代の友人を訪ねた帰り道、竣工《しゅんこう》したばかりの立派な保育園の前で出会った男から、藍は妙な話を聞かされる。ツアーのさなかに明らかになるデモーニッシュな真相と、幻想的なシーンが重なり合うラストがシュールな余韻を残す一編だ。（二〇一二年四、五月号）

「風のささやき」～〈笛の谷〉であなたの懐かしい声を聞こうツアーの巻。台風による崖崩れで、谷を渡る風が笛の音《ね》に聞こえるようになったことから観光名所となった〈笛の谷〉で、不可解な出来事が発生する。かつて働いたHバスの同僚に頼みこまれ、藍はその現場を訪れるが、そこでまたも事件が起きる。聞こえる筈のない囁きが聞こえてくるといえば昔話の〝聞き耳頭巾〟だが、本作における空耳現象は、やがて人間の拗くれた一面をえぐり出してみせる。霊の語るグロテスクな真相に、思わず耳を塞ぎたくなる読者もあるだろう。(二〇一一年七、八月号)

「ファンファーレは高らかに」～長距離ランナーと幻のファンファーレを聴くツアーの巻。常連客の真由美がマラソン大会の応援に出かけて目撃したというランナーの死亡事故を怪訝《けげん》に思った藍は、選手のラストスパート直前に鳴り響いたという謎のファンファーレについて調べるうちに、意外な事実に行きあたる。ゴールと同時に心肺停止になったアスリートの事件をめぐって、ファンファーレと死亡事故の隠された因果関係を解き明かすため、夜のグラウンドへのツアーが敢行される。(二〇一二年三、四月号)

「とっておきの幽霊」～アイドルと幽霊ファンのご対面ツアーの巻。妹の幽霊をツアーに売り込みたい、と言う無精髭《ぶしょうひげ》のむさ苦しい男は、藍に分け前と称してお金を要求してきた。幽霊に贔屓《ひいき》のアイドルがいると知った彼女は、当のアイドルに直談判のためTV局に向かうが、プロデューサーやマネージャーらを巻き込んで、幽霊とアイドルの対面をTVで中継する話にまで発展していく。二十歳そこそこで命を断った女性が、なぜ幽霊となってこの世に留《とど》まらなければならなかったのか。幽霊の未練と哀しみが、いつまでも心に残る作品となっている。(二〇一二年十一、十二月号)

ところで、テレビドラマ版(テレビ朝日系、二〇〇四年四月～六月)では菊川怜《きくかわれい》が演じたが、やはり主人公のイメージにぴったりなのは、第一集以来、表紙や内扉を飾り続けている南Q太のイラストだろう。彼女の描くヒロインからうかがわれる芯の強さと人懐こさは、まさに町田藍そのものといっていい。

この〝怪異名所巡り〟の魅力もまた、そのヒロイン像に負うところが大きい。すなわち、並外れた霊感体質であることを除けば、町田藍はいたって等身大の若い女性で、ミューズでもクイーンでもない。シリーズの面白さはそんな彼女の平凡な日常とオカルトの非日常の不思議な出会いにあるからだ。

そして、もうひとつ忘れてはならないのが、一編読み終えるごとに読者の心に忍び寄ってくるほろ苦い余韻だろう。今年、作者の赤川次郎は、言論の自由を封じられた近未来のディストピアを描く『東京零年』で吉川英治文学賞に輝いたが、そこに描かれた歪《ゆが》んだ社会の現状に対する不安感は、形を変えてこのシリーズの各編にも投影されている。そこはかとないこのビターな読み心地が、赤川流ゴースト・ストーリーの絶妙の隠し味となっていることは間違いない。

（みつはし・あきら　ミステリ評論家）

この作品は、二〇一三年八月、集英社より刊行されました。

初出誌　小説すばる
活字は生きている　二〇一二年七月号、八月号
永遠の帰宅　二〇一一年十一月号、十二月号
無邪気の園　二〇一二年四月号、五月号
風のささやき　二〇一一年七月号、八月号
ファンファーレは高らかに　二〇一三年三月号、四月号
とっておきの幽霊　二〇一二年十一月号、十二月号

集英社文芸単行本

赤川次郎の本

東京零年

第50回吉川英治文学賞受賞作

殺されたはずの男が生きていた——。

電車のホームから落ちた生田目健司を救った永沢亜紀。二人が出会ったとき運命の歯車が大きく動き始める。

巨匠が描く、衝撃の社会派サスペンス。

集英社文庫

とっておきの幽霊《ゆうれい》 怪異《かいい》名所《めいしょ》巡《めぐ》り 7

2016年10月25日 第1刷
2021年1月30日 第2刷

定価はカバーに表示してあります。

著 者 赤川《あかがわ》次郎《じろう》

発行者 徳永 真

発行所 株式会社 集英社
東京都千代田区一ツ橋2-5-10 〒101-8050
電話 【編集部】03-3230-6095
【読者係】03-3230-6080
【販売部】03-3230-6393(書店専用)

印 刷 凸版印刷株式会社

製 本 凸版印刷株式会社

フォーマットデザイン アリヤマデザインストア マークデザイン 居山浩二

ISBN978-4-08-745499-4 C0193